# 静水流深 XI

JING SHUI LIU SHEN

河南省电力女职工
优秀读书心得

中国水利水电出版社
www.waterpub.com.cn
·北京·

图书在版编目（CIP）数据

静水流深：河南省电力女职工优秀读书心得. XI / 河南省电力工会委员会编. -- 北京：中国水利水电出版社，2020.12
ISBN 978-7-5170-9368-8

Ⅰ. ①静… Ⅱ. ①河… Ⅲ. ①读后感一作品集一中国一当代 Ⅳ. ①I267

中国版本图书馆CIP数据核字(2021)第024748号

| | |
|---|---|
| 书　　名 | **静水流深——河南省电力女职工优秀读书心得. XI**<br>JING SHUI LIU SHEN——HENAN SHENG DIANLI NÜ ZHIGONG YOUXIU DUSHU XINDE. XI |
| 作　　者 | 河南省电力工会委员会　编 |
| 出版发行 | 中国水利水电出版社<br>（北京市海淀区玉渊潭南路1号D座　100038）<br>网址：www.waterpub.com.cn<br>E-mail：sales@waterpub.com.cn<br>电话：（010）68367658（营销中心） |
| 经　　售 | 北京科水图书销售中心（零售）<br>电话：（010）88383994、63202643、68545874<br>全国各地新华书店和相关出版物销售网点 |
| 排　　版 | 中国水利水电出版社微机排版中心 |
| 印　　刷 | 涿州市星河印刷有限公司 |
| 规　　格 | 170mm×240mm　16开本　12.75印张　202千字 |
| 版　　次 | 2020年12月第1版　2020年12月第1次印刷 |
| 印　　数 | 0001—1300册 |
| 定　　价 | **58.00**元 |

# 本书编委会

# 目录

Contents

# 晚秋，别样的人生况味

孔　冰

孤村落日残霞，轻烟老树昏鸦，冷霜寒石碧水，白草红叶落花。这便是不少人眼中的晚秋。

有人看来，晚秋多寂寥，所谓“梱庭多落叶，慨然知已秋”。“慨然”，道出了黯然的心境。

有人看来，晚秋多感伤，所谓“万里悲秋常作客，百年多病独登台”。一个“悲”字，道出了几多忧伤。

有人看来，晚秋多离愁，所谓“菡萏香销翠叶残，西风愁起绿波间”。草木摇落、水波清寒，秋意愈浓、愁思愈切。

当然，也有人看来，深秋的辽阔与烂漫、深秋的壮美与大气，胜过任何季节，就连春天也无法媲美。所谓“晴空一鹤排云上，便引诗情到碧霄”，所谓“一年好景君须记，最是橙黄橘绿时”，所谓“长风万里送秋雁，对此可以酣高楼”，所谓“停车坐爱枫林晚，霜叶红于二月花”。这里，既有“采菊东篱，宠辱不惊”的悠然闲适，有“东隅已逝，桑榆非晚”的奋发向上，有“秋野如怀，且坦且荡”的博大胸襟，更有“老当益壮，不坠青云”的壮心不已。

在不同的人心中，我们可以解读到不一样的晚秋，感受到别样的人生况味。

叶陨岁深，叶黄知秋。而如今满目红叶，恰是晚秋时节。置身其间，即使相同的环境，由于人的经历不同、心态不同、襟怀不同，也会产生不一样的感受，衍生别样的心扉心境和人生况味。秋风秋霜，有人发出“树树皆秋色，山山唯落晖”的伤叹，有人却激荡着“秋风萧瑟，洪波涌起”的吞吐日月志向；秋雨霏霏，有人充满“梧桐更兼细雨，……，怎一个愁字了得”的感伤，有人却有着“卧迟灯灭后，睡美雨声中”的清雅；秋色浓浓，在有的人眼中一片萧条，“寒城一以眺，平楚正苍然”，而在有的人眼中却一片大美，“山明水净夜来霜，数树深红出浅黄”，更有人面对秋色、流连忘返，正如古诗中描绘的那样，“停车坐爱枫林晚，霜叶红于二月花”。

探究起来，这些别样的人生况味，其实缘于别样的世态浸润和心路历程。潦倒落魄者，前路茫茫，块垒堆胸，往往感觉晚秋的霜风凄紧、阵阵冰凉；踽踽远行者，思乡思亲、关河万里，最容易看到晚秋的落日残霞，老树寒鸦；淡泊闲适者，超然物外、因循自然，往往欣赏到晚秋的松间明月、枕石清流；得志得意者，意气风发、心绪昂扬，往往看到晚秋的雁阵排空、苍远长天；心怀天下者，胸有大志、肩有责任，即使在萧瑟的秋风里、无边的落木中，仍能拥有长风破浪、云帆济海的豪迈壮阔。

古人说，只有一枝梧叶，不知多少秋声。在晚秋飘零的“梧叶”里，在晚秋无边无际的“秋声”中，在晚秋霜叶缤纷的“境况”里，不同的人，往往感受到的却是别样的秋雨秋风，别样的秋水秋色，别样的人生况味。灵魂如心性的秋天，秋天似心性的灵魂。今天，我们沐浴在晚秋别样的景致里，拥抱大自然的馈赠，倾听心灵的对白，感受古往今来不一样的人生况味，任脚步在大地上徜徉、任思绪在秋光里飞扬，这何尝不是一种浪漫与洒脱。

其实，晚秋是自然的造化，更是心性的表露。在晚秋时节里，在满目的秋色中，拥有怎样的心态，就会品到怎样的人生况味。也就是说，心中洁净、心态阳光，便拥有秋水的清澈；感恩岁月、享受自然，便拥有秋叶的静美；性情开朗、向善向上，便拥有秋野的豁达；不以物喜、不以己悲，便拥有秋菊的淡然；热爱生活、老而弥坚，便拥有秋霞的烂漫。

我爱晚秋的色彩斑斓。

（作者单位：国网河南省电力公司）

# 行走西班牙

朱　寅

多年以前，翻读林达所著的《西班牙旅行笔记》，我不禁被这本书深深吸引。与其说这是一部精彩的西班牙游记，不如说这是一部关于西班牙历史文化的读书笔记。作者通过介绍西班牙不同历史时期的知名历史建筑，从古罗马时代、西哥特人时期，到穆斯林统治、基督教复兴……生动展现了西班牙波澜壮阔的历史画卷。从那时起，我便对这片圣地十分向往。去年暑期，我和女儿出游西班牙，在有限的时间里与这个神秘且美丽的国度来个亲密接触。

## 塞戈维亚、托雷多

今天我们出发去两处世界文化遗产——塞戈维亚和托雷多，大巴车一路风驰电掣，西班牙司机开车都很有性格。本以为马德里是地中海气候，可到这里才发现，这里气候干燥、昼夜温差大，虽是 7 月底，满山遍野都是枯黄的野草，绿色的植物只是点缀，像极了中国北方的早春时节。

从马德里出发一个多小时抵达塞戈维亚，首先映入眼帘的是宏伟壮观的古罗马高架引水石桥。石桥全长 728 米，石桥高 30 米，有 166 个桥孔，由数万块巨大的长方体石块堆砌而成，自下而上，是两层巨大的拱门造型，最上面则是用于引水的沟槽，将数公里外的清泉水输送至此。站在引水桥下，抚摸着青灰色的巨大石块，我不禁为 2000 年前古罗马人的智慧而深深折服，登高远眺，巨大的引水渠蜿蜒向前，仿佛昭示着人类的历史和未来。

沿古城小巷一路向前，道路很窄，各式欧式建筑鳞次栉比，各色商店经营着服装、小饰品和实物等，阳光灿烂，微风拂面，一路走走看看，享受这份独有的安静与祥和。拐了一个弯后，眼前豁然开朗，我们来到了市政广场——马约尔广场，广场左侧便是庄严肃静的塞戈维亚大教堂，这是一座哥特式晚期建筑风格的教堂，一身白衣的嬷嬷匆匆从教堂走出来，惊动了广场上悠然觅食的鸽子，它们扑棱着翅膀飞到远处，却又舍不得离开，在空中盘桓一阵复又落下，继续旁若无人地低头觅食，端庄优雅的白衣嬷嬷与灵动的白鸽相映成趣，让肃穆的教堂充满温情。

再往前走，便来到了阿尔卡萨城堡，她不仅因白雪公主城堡的设计原型而闻名，更加为人瞩目的是这里曾居住过一位公主，后来成为西班牙历史上最著名的女王——伊莎贝拉女王一世。1474 年 12 月伊莎贝拉公主正式加冕卡斯蒂利亚王国女王，从这里开始，女王开启了统一西班牙的征程，并于 1492 年攻陷格拉纳达，结束了摩尔人在西班牙长达 700 余年的殖民统治。

如果说统一西班牙是伊莎贝拉女王一生最大的成就，那么在 1492 年她开启了一段改变人类历史的历程，她与一位中年男人谈判，并达成风险投资协议，以自己的首饰珠宝作为投资，帮助这位中年男子筹集三艘大船，招揽 70 余名水手，开启一段改变人类历史的航海探险。

这位中年男子叫哥伦布，怀揣大航梦想的他，多次遭到欧洲诸国的鄙视，终于在西班牙获得成功，而伊莎贝拉女王，也成为历史上最成功的天使投资人之一，因为她用一盒子珠宝，换来了人类历史上第一个日不落帝国。

## 阿尔罕布拉宫

今天乘车前往格拉纳达，参观久负盛名的阿尔罕布拉宫。阿尔罕布拉宫阿拉伯语意为“红堡”，是中世纪摩尔人在西班牙建立的格拉纳达埃米尔国的王宫，是摩尔人留存在西班牙所有古迹中的精华，有“宫殿之城”和“世界奇迹”之称。宫殿坐落在海拔 730 米高的山丘上，巧妙地将军事防御、行政管理、皇宫和花园融为一体，创造了登峰造极的阿拉伯艺术极品。

走在阿尔罕布拉宫，看到这些巧夺天工精美绝伦的阿拉伯风格的建筑，我仿佛置身于“天方夜谭”的梦幻世界。我们进入宫殿的时间是下午，在精美绝伦的宫殿内，一束光恰好折射在工匠精雕细琢的花纹上，显现出七彩的光环，给这座古老神秘的宫殿披上了一层神秘的面纱，让你更想走近她、了解她……宫殿内除了有人，随处可见穿制服、戴白手套、一脸严肃的工作人员，他们负责监督游客，不允许用手触碰所有物体，而且宫殿每天有参观人数的限制，西班牙人对历史文物的保护意识很强。

静静地走，静静地看，不知不觉，我走进了爱神木之院。这是宫殿里最大的院落，以水池中倒映出北廊的倒影而著名，也是最具代表性的拍照地点，我们纷纷在此处拍照留念。而阿尔罕布拉宫最具有天主教建筑特色的宫殿，是建于1527年的查理五世宫殿，整座中庭环绕着32根圆柱，分为上下两层，上层是美术馆，下层是博物馆。走在一楼的回廊上，仰望古朴的穹顶，我仿佛穿越时空……

## 弗拉明戈舞

从阿尔罕布拉宫一路向前，来到阿尔巴辛小镇，这是一座充满阿拉伯风情的居民区。依山而建，景色宜人。这里的圣尼古拉斯观景台是观看阿尔罕布拉宫全景的最佳位置。此时已是下午五六点，日光减弱，红堡的颜色也更加柔和。远山、红堡、绿树，此时的阿尔罕布拉宫更像是一幅水粉画，虽然没有那么浓墨重彩，却也清新柔美。

傍晚时分，来到一个本地的酒吧，欣赏弗拉明戈舞。弗拉明戈舞是西班牙非常盛行的舞蹈，也是我非常期待的。酒吧不大，长方形，正对着门口有一个小舞台，两侧摆满了长条凳子。热情的老板先是给我们每个人上了酒水饮品，正在小酌时刻，灯光忽然暗了下来，乐手、歌手和舞者上场。音乐逐渐由弱变强，一位女性舞者从门口缓缓舞动起来。妆容浓艳，衣着华丽，身材丰腴却灵活，表情夸张且痛苦。随着歌者凄婉悠长的旋律，舞者用肢体演绎力与美，时而悲切急促，时而明快热情，气势逼人，再现了摩尔人抗争与悲惨的遭遇。依次又有几个舞者登场，不论是男性还是女性，舞姿都是那么收放自如，极富艺术性和感染力，据说是摩尔人的悲惨遭遇才催生了西班牙最伟大的弗拉明戈舞。虽然这只是乡村舞台，但西班牙民族艺术家给我们带来了一场视觉盛宴。受他们的邀请，最后我和几个团友也走上舞台，同他们一起舞动起来。在文化面前，此时已经没有国界……

（作者单位：国网河南省电力公司）

# 人生的整理术

刘　语

《断舍离》这本书，是在公司“书香国网”app电子书架清单当中看到的。看完全书之后，颠覆了我对房间大扫除的观念。我们经常看的一些管理书籍，里边会讲很多道理法则，但却很难实践，而这本书则是一本指导实践的宝典。

我特别喜欢囤积东西。当买东西的时候，我想我将来会用它，我想有一天我会用它。事实上，几乎所有这些东西都没有被使用。书的作者山下英子在写《断舍离》之前和世界上大多数女人一样，明明有着一柜子的衣服但总觉得自己没衣服穿，所以一直买买买，导致家里非常混乱，心情也始终无法感到真正的愉悦。其实保持生活愉快的一个最简单方法就是：定期扔东西。只是我们好多人做不到而已。而扔东西在操作层面是不需要什么指导的，所以这本书教我们的是如何说服自己应该扔东西。作者说服大家应该扔东西，而不是具体如何扔。



这本书看起来是说教你如何打扫卫生，其实讨论了一个很有趣的问题：人和物之间应该是什么样的关系。“这个还能用吗?”或者“我还需要这个吗?”试着回忆一下，我们在整理房间的时候是不是总问自己这样一个问题：“这个东西还能不能用?”也总是为之犹豫不决，于是我们对自己说先留着，以后总能用上。就这样，不知不觉我们的东西越来越多。书中说，当我们问自己这个问题的时候，已经陷入了一个迷思，这个问题的主语是那件东西，而我们在整理的是我们自己的生活。所以说，我们问自己的问题应该是：“我现在需不需要这个东西?”这两个问题虽然看起来差不多，但问题的实质却完全不一样。我们整理的是自己的生活，我若不需要，它再好对我来说也只是个累赘。书里有个有趣的例子，大概说某人收到商场活动送的大花瓶，谈不上喜欢，但质量还不错，因为和家里的装修风格不是很一致，所以放在客厅角落。一天，朋友到家里看到了解情况后说：你这花瓶可不便宜呀。那人惊讶问为什么，朋友说“不管你这花瓶多少钱，现在房价这么贵，你算算它常年占用的这块面积就值不少钱了。”所以，当我们问“这个还能用吗”的时候，考虑的只是物品本身的价值，而只有当我们从自己的角度出发，才会发现我们自己的空间，时间和精力才是最珍贵的。

印象最深刻的是作者讲到：家中的每一件物品，都依附着人们的情感，情感越深，执念越重。从表面上看，我们丢掉的是杂物，但是同时，我们丢掉的还有内心多余的执念。在我们的生活中，除了物品之外，每个人都可能还会有一些看不见的东西，比如一些不好的情绪、当断不断的关系、反复为难的选择，也会缠绕着、烦扰着我们，让我们不快乐。判断一件物品或者一段情感该不该断舍离的标准就是，它是否带给我们快乐和幸福。哈佛商学院在经过很多年的研究后发现一个现象，幸福感强的成功人士，往往居家环境十分干净整洁，而不幸的人们，通常生活在凌乱肮脏中。所以，你所居住的房间正是你自身的折射，你的人生其实就像你的房间。

所以，《断舍离》并不只是收纳方法，而是人生的整理术。

（作者单位：国网河南省电力公司）

# 爱与自由

## ——读《当我遇见一个人》有感

赵毅薇

有一本书，躺在书架角落，作者李雪，书名是《当我遇见一个人》。这是几年前看的一本书，我清楚地记得当时是以怎样矛盾的心理看完了这本书。那时，作为一个新手妈妈，对于育儿的知识求知若渴，笃定地以为我就是一百分母亲，可当我看完这本书后，我对自己产生了深深的疑问，撼动了我的育儿理念。好像是对我的控诉，如同墙一般冰冷，我怀疑它，可随后马上又陷入与过往经历的匹配。于是看完之后，便厌恶地丢到了一边。

“在婴儿初期，没有婴儿，只有母婴关系，母婴关系决定了这个婴儿长大后生命的底色。”

对于新生命的诞生，我充满了迷茫。看着身旁这个小婴儿，熟悉而陌生，我并不知道她会改变我的生命，只有无尽的局促和不安。拿出学习的严谨，记录她吃喝拉撒睡的数据，努力从这些数字背后找到她的作息规律，对孩子进行360度无死角陪伴。执意一人照顾孩子，但凌晨时分，看着周围无尽的黑，望着窗外星星点点的光，怀抱里是这个小婴儿咿呀闹人，内心无比绝望，陷入自怨自艾的恶性循环。我就像一只上紧发条的钟，滴答滴答要求自己完全按照规定行进，不能有一丝懈怠。

“童年经历如木马程序一般写进每个人的潜意识，精准控制着人生轮回。”

我从小到大对于“过年”的意识很淡薄，甚至不愿意和太多人聚在一起，我怕被关注，我喜欢待在角落。有一次当别人“越界”进入我的生活，我恼怒地说出了“不”，从来没有这般痛快过。那个胆小谨慎的小女孩渐渐意识到了“自我”的存在。那一刻，我放下对人生必须完美的期待，而能够带着一些难过的感觉去接受。承认内心可能对人生预设太好了，或者理解人生有误，人生苦乐参半，甚至苦多于乐。

“在孩子得到了爱与自由以后，可能表现得更加不懂事，或者更加依赖，更像一个婴儿，这就是退行。”

孩子每次睡觉时，我便有了些许自己的时间。她的眼睛还没有完全合上，表情有时咧嘴，有时皱眉，有时呵呵笑，还有时咩咩哭，那样子真把我融化了，内心渐渐充盈起来。是孩子改变了我，使我不断自省，尝试不纠结，学会不焦虑，不追求完美，接纳一个这样的自己。教育的本质，其实是父母的自我修行。我不再经常刻板说教，我们像朋友一样说笑打闹，随时抱抱亲亲。她让我变成一个更好的人，谢谢她带给我温暖，点亮了我了人生。

大多数女人有了孩子之后，晋升为妈妈，寄希望于孩子成为好学生，工作上成为好员工，家庭中是个好妻子，再顺理成章做个好妈妈。人是如何成长起来，变得更加强大呢？也许就是不断用新的认知，打破旧的认知，重建自我的思维方式，就是“理想世界”与“现实世界”的融合。与自己内心的小孩和解，不是原谅，不是不再恨，只是接受和放下。

爱是如她所是，爱她非如我所愿。

（作者单位：国网河南省电力公司）

# 花里有世界，小我大人生

周子娴

四月春风暖暖，心情亦跟着舒缓起来，想趁着这大好的春日，伴着一杯茗茶，于休息日读读书。选了季先生的这本散文集《一花一世界——跟季羡林品味生活禅》，不承想，读罢此书没有看到一个参禅的季羡林，却看到了一个世俗的季羡林，字里行间满是浓浓的人间烟火气，原来，从求知若渴的少年到经天纬地的大儒，越发厚重的是人生阅历，经久不变的是一颗渴望爱的心。

这本书分为六部分，人、动物、植物、时光、人生以及回忆。读罢，深深感觉到季老对世界的热爱，小至一草一木、一只小兔子。书中细腻而丰富的描写，读起来让人觉察不出时间的流逝，俨然在聆听一位长者侃侃而谈，让你静静地反省，心境变得更加纯净而美好。

季老爱这个世界的每一个人，也爱这个世界的一切生命。他善待家里养的猫和狗，对那不慎丢失的“咪咪”始终怀念在心。直到再次拥有了一只波斯猫时，还是给它起名为“咪咪”以作纪念，当他知道猫临终时会自动选择离开主人，找一个不为人知的地方“寿终正寝”，他对这种死亡的方式表示尊重，但对那逝去的生命却始终无法忘却，正如他所说：“我是一个没有出息的人，我的感情太多，总是供过于求，经常为一些小动物、小花草惹起万斛闲愁。”事实也的确如此，他会为那突然盛开的一树繁华而欣喜，也会为栽种一池莲花而守上两三年，他更会因为那被不幸清除的藤萝而哀伤，喜怒哀乐系于万物，他慈祥的笑脸下跳动的是一颗善良与悲悯的心。季老懂得世间万物有灵，理应善待。这世界不属于哪一个人，甚至也不仅仅专为人类所备。人要感恩生活，用一颗慈善、平和的爱心来构建和谐。季老期望，每一个人，对社会、对家庭都要尽自己的责任，都应该在道德方面不断修养和锻炼，成为一个有用的、正直的人。倘能做到这一点，我们平凡的人生就会增添不少的光辉。

像我们每天匆匆忙忙，为生存奔波劳碌，但却忘了如何生活，从未仔细观察过周围，错过了很多精彩的瞬间。我们可以仔细地回忆一下每天上班路上的风景，是否能画出每一个角落、每一间商铺呢？在我们每天散步的小花园中，是否停下来仔仔细细地看过一棵树、一朵花？我们与这个世界交流太少了！我们被眼前的欲望、每日的工作遮住了双眼，忘了去感受生活的美好，忘了给别人带去美好。一花一世界，我们在工作中，是不是应该常怀一种愉悦的心态，多一些理解和包容，多一些微笑和礼貌，将美好传递给他人，同时也发掘身边万事万物的美好，这样，繁杂也会变得有序，无趣也会变得充实。

季老对于人性以及人生的体悟是发人深省的，有一则是关于什么是悲，什么是欢的？人是有感情的，感情会变，对你不变的只有动物、植物，和一直深爱着你的家人，不论是你落迫时还是志得意满时，都静静地守护在你身边，始终如一。当你落迫时有他们的爱护和关心你是否会觉得自己悲哀，当你志得意满时爱护和关心你的人都已不在，你是否还会觉得欢快，那么什么是悲什么是欢？生活不如意时，我也曾意志消沉，怀疑自己的人生。懊丧的我一脸阴沉地回到家时，远远地看到厨房的小灯莹莹闪着光亮，走近家门鼻中飘进悠悠饭香，打开门，暖暖的灯光、小小的餐桌直入眼中，餐桌上简单而可口的饭菜，整齐摆放的碗筷，厨房里是那个正在忙碌着的深爱着我的家人，顿时小小的房间中满满都是爱，我该是悲还是喜？我觉得人生的不确定性注定它是悲喜交融的，没有绝对的喜与悲，所以要学会在悲中珍惜爱，在喜中坚守爱，居安思危，不要气馁，不让坏情绪蒙蔽双眼。在低谷时更要去发现周围的美好，让他们成为决地反击的能量来源，不要得意暂时的成就，不让骄傲蒙蔽双眼，坚守真善美。

读完此书，一篇篇文章，有如行云流水，文字优美、情感真挚、意蕴深厚，深感季老的思想厚重，他用一生来领悟和谐之意，参悟人生之禅，也带给我无尽的遐想和感悟。

（作者单位：国网郑州供电公司）

# 坚守的力量

## ——读《麦田里的守望者》有感

吴婧涵

四月里，盼着春和景明、春风雨露的好风光，然而春无三日晴，一场春雨又让人倍感春寒料峭。闲暇时重读《麦田里的守望者》，孤独的霍尔顿以其与周遭格格不入的行为与世俗的庸碌对抗，寻找环境无法提供给他的东西，坚守着内心的一片纯真净土，直到最终毅然选择在一方悬崖的麦田里充当一个安全员、看护者。那些看似渺小单薄的执着也曾承载着我们年少时荒诞的梦，等时过境迁，看时间的手翻云覆雨，我们在时光的罅隙里捕捉光影，又留下了几寸记忆碎片？

春深日渐，草木清新。天朗气清，微风和畅。珍而重之，细数一遍2020年里已经逝去的日子，抗击新冠肺炎疫情硝烟渐散，却离不开举国上下中国人肩并肩的坚守。万象更新，透过这处处复工后的忙碌，我们读到的，是无数个一线奋战的践行者和坚守者的付出，是光影交错背后的万水千山，是一座城市生机焕发的光彩未来。

沧海横流，方显英雄本色。在重大考验面前，中华民族万千的守卫者们守望相助，这种家国情怀和责任意识也又一次爆发出磅礴之力，在中华民族的历史上完美地抒写了一篇关于坚守的新篇章，对世界、对国家、对社会来说都弥足珍贵。逆行的脚步从天南海北向前沿阵地集结而今又告别，各色各样的故事以不同的样式和面貌讲述着，构成了中华民族土地上的丰厚给养。

荏苒十年，弹指挥间。在运维岗位上，我已经坚守了十年。作为见证国网登封市供电公司发展变革的一员，我感到无比高兴，是公司赋予了我人生长路上这段宝贵的学习机会。来国网的这十年，也是我学习成长的最关键的十年。沿着安全和运行这条“陡峭山路”去攀登，正是对这份工作的热爱，让我不论严寒酷暑也坚守在一线的岗位上，始终如一，严谨求实，没有豪言壮语，没有惊天动地，却用自己的实际行动，在平凡的工作岗位上，默默无闻，坚守寂寞，不言艰辛，不表成绩，扬扬头，走在最前列，用自己的青春奉献着万家灯火。

人常说，读万卷书，行万里路，可以让我们摆脱局限和狭隘。而这几年的磨砺，使得我更为成熟、淡定和严谨。运维这项工作的谨慎性，使得我的思路比以前更为宽阔，我的心态也更为平静。我渐渐了解到，鼓起勇气去做一件事并为之坚持一生是多么的难能可贵。从小处努力，躬行于每一件小事，深化对生命的思考，心中秉持一份大格局，在每个无常的日常里，杜绝消磨时间、不思进取，杜绝追风逐影、牢骚满腹，每天努力拓宽生命的强度与厚度，不断奋斗，才是青春最亮丽的底色。

与国网共成长的十年，也让我明白了企业发展的路程是艰辛的，庞大的工程量背后是电力工作者不眠不休轮班倒的坚守。作为这座城市万家灯火的守卫者，无数线巡、抢修、调度和值班人员全天候在岗，只为确保设备正常运行，不论刮风下雨第一时间赶到现场。正是无数的平凡劳动者在自己的岗位上尽职尽责，用实际行动践行着自己的人生信条，在岁月静好的日子里选择负重前行，才有这美好盛世的山河无恙和波澜壮阔。

时间是旁观者。正如《麦田里的守望者》书中讲到的“不成熟的人为了伟大的事业英勇地死去，成熟的人为了伟大的事业而卑贱地活着。”历史的长河奔腾不息，或风平浪静，或波涛汹涌。奋斗是远航的风帆，勇气是前行的火炬，践行是攀登的阶梯，坚守是指路的灯塔。只有驻守一方、遍尝百味的人，才能体会到生命的丰盈。

（作者单位：国网登封供电公司）

# 狼性的思索

## ——读《狼图腾》有感

朱　莹



文字的神奇，在于作者的内心。或澎湃恢弘，或宁静淡泊，或绮丽魅惑，或清雅高洁。看雄鹰，展翅于辽阔的苍穹；观奔马，疾驰奔腾如草原精灵；窥暗狼，幽幽瞳孔迸发出一抹瘆人的光芒……

而今，有这样一本书，既触发了心灵的感动，又触及了灵魂的震撼，它，就是《狼图腾》。书中有几十个关于狼的故事，有机连贯，一气呵成。情节曲折紧张，场面宏大神奇，有大青马勇敢镇定地独闯狼阵，狼口脱险；有蒙古女人和九岁小孩与狼徒手搏斗，生擒恶狼；有蒙古猎人坐山观狼设伏黄羊，渔翁得利；有石圈里的飞狼之谜，惊人推断；有狼群与军马惨烈的生死决斗，同归于尽；有白毛风和蚊虫的天灾人祸，生死存亡；有狗和草原狼的你死我活，不共戴天；有人与狼的殊死较量，相存相依；有作者千辛万苦喂大的小狼，狼性不改；以及小狼非凡的命运和悲壮的一生……

有一种生物，如神话般存留于世间，却被人冠以不齿的骂名。它们如精灵一般穿梭于草原、树木之间；它们的智慧不可比拟，却几千年来被人误解。这种生物名狼，它们看似凶残暴戾，实则细心谨慎，看似狡猾不齿，实则团结无畏，它们是狼，是草原的精灵，是草原民族的兽祖和图腾，是大无畏者的最好象征，是不屈不挠精神的最好诠释。

在孩童时期的故事，狼就是凶猛残暴的肉食动物，狼外婆的故事伴随了我的幼年时代。我们汉语的词汇中关于狼的词语，似乎也全是对狼的诋毁和贬低：狼子野心、狼吞虎咽、狼心狗肺……但是，《狼图腾》却展现出一个关于狼的新世界——那些精灵一般的蒙古草原狼随时从书中呼啸而出：每一次侦察、布阵、伏击、奇袭的高超战术；对气象、地形的巧妙利用；视死如归、不屈不挠的坚毅果敢；狼族中的友爱、亲情；狼与草原万物的关系；倔强可爱的小狼在失去自由后的艰难成长过程……这些生动的描述，颠覆了读者对狼的认知，看到了另一个狼的世界。

文章的最后，作者道出了对小狼的忏悔，对蒙古老人的忏悔，对草原的忏悔，震撼了似我这般年龄不会轻易感动的灵魂，也将我带进无尽的思索：中国人的性格里究竟有多少狼性？狼图腾，是这个时代的精神盛宴，因为它的厚重，因为它的不可再现。虽然这也有时代变迁的缘故，那个任由蒙古铁骑和蒙古狼群纵横驰骋的游牧草原正在或者已经消失，所有那些有关狼的传说和故事正在从我们的记忆中渐渐退却，留给我们和后代的，更多的是一些道德诅咒和刻毒谩骂的语言。如果不是因为此书，狼——尤其是蒙古的草原狼——这个中国古代的图腾崇拜，就会像某些宇宙的暗物质一样，逐渐远离我们的地球和人类，飘浮在不可知的永远里，漠视着我们的无知和愚昧。

中华民族在历经磨难、生死存亡的危险时刻，每个人都会被迫发出狼一样的嚎叫，在这本书里，狼性与人性的碰撞给予我们深远的启示。

这本书中，小狼死去的那一刻给我感触极深，文字中满满透着作者对于小狼的疼爱和不舍。文章的最后，小狼还是死了，为了让它有尊严地死去，作者违背内心地选择给了它解脱，让蒙古之神带走它的灵魂，久安于这方土地……作者也带着对小狼的怀念走了，离开了这片承载着欢笑与悲伤的土地……

故事终有结束的那一刻，而思索的羽毛却久久不能停止浮动……在世界科技文化水平日益进步的今天，我们是否能去爱护和保护那些曾经的“伙伴”，还它们一方自由的天地。否则，我们的后辈只能从冰冷的书籍中，了解那些越来越多已经消失的生物。

（作者单位：国网郑州供电公司）

# 阅读，让我们不孤单

王晓燕

2020年的春天姗姗来迟，历经冰封严寒，经受重重考验，终于迎来了万紫千红的春光烂漫。满眼的翠绿和娇艳的花朵装点着华夏大地，到处都散发出蓬勃向上的活力。四月中旬，新冠肺炎疫情在全国多地已得到基本控制，各地已有序复工复学，人们总算熬过了严冬，迎来了希望。

还记得疫情之初，每天看着新增确诊病例的数值不断攀升，看着一批批白衣天使和解放军战士奔赴前线，心里万分恐惧和担忧。还好，我们的政府积极应对，每日发布最新消息，新闻工作者们每天采集各类新闻，宣传前线战疫实况，传播正能量。一条条感人肺腑的新闻激励着我们，一篇篇震撼人心的文章感动着我们，一个个鲜活的榜样和事迹鼓舞着我们，让我们在疫情最严重的时候，内心不孤单。

在不能出门的日子里，是书本陪伴着我们，为我们带来别样的体验，滋润我们的心灵，温暖我们的心房。

儿子读一年级，正是精力旺盛、活泼好动的年纪。起初，我有些担心孩子会耐不住性子，在家待不住。不过，一本名为《一个叫新型冠状病毒的坏家伙》绘本故事，通过漫画的形式，简单的叙述，就让孩子懂得了“人们生了病，病毒通过飞沫传播，我们需要戴口罩”“病毒的起源是蝙蝠，我们应该爱护野生动物，禁止食用野生动物”“白衣天使们很厉害，他们奋不顾身地救治病人”。孩子通过绘本故事，知道了我们的周围正在发生疫情，懂得了戴口罩是为了自我防护，理解了人和自然应该和谐相处的道理，也对白衣天使产生了崇高的敬意。

儿子喜欢读书，《兔子坡》《大个子老鼠小个子猫》《没头脑和不高兴》等经典儿童著作，都是老师推荐的好书，孩子看得津津有味。不过，起初只是简单潦草、囫囵吞枣地看，看个故事大概。后来在老师的鼓励下，开始大声朗读，并且坚持每天30分钟读书打卡。

有一次读《大个子老鼠小个子猫》的时候，儿子跟我说："妈妈，你知道吗？这本书里有一篇文章描写的跟我们的现实一模一样呢！"原来，故事里的马老师感冒了，为了不传染给同学们，带来了口罩，让同学们都戴上。儿子还得意洋洋地说："我读书的时候故意把感冒病毒读成新冠病毒，跟现实结合起来了"。

听到孩子这样说，我有一些意外，也有一些惊喜。意外的是，孩子读书的时候，能够联系到现实情况，把故事和现实做对比。惊喜的是，孩子是带着思考的，读书的时候故意把故事里的"感冒病毒"换成了"新冠病毒"。看来，儿子对戴口罩这个阻隔病毒的方法，通过读书又有了更进一步的认识，不过，对"病毒"的理解还有些模棱两可。我就趁此机会，赶紧表扬孩子读书读得很用心，也给孩子解释了新冠病毒和感冒病毒的区别，让孩子明白了"新冠病毒和感冒病毒不同，是一种传染性更强的病毒，和感冒病毒感染的症状也不同。"

通过每天30分钟的大声朗读，儿子认识的汉字越来越多了，也积累了一些优美的词句，对书本里的人物和故事也加深了理解。刚开始不情愿大声朗读，读的磕磕巴巴。坚持了两周后，能够流畅朗读。如今，孩子已坚持读书打卡两个月了，通过每天坚持读书，朗读水平有了很大的提升，学会了带着感情抑扬顿挫的朗读。

最让我欣慰的是，通过这个特殊的假期，儿子养成了主动阅读的习惯。以前，孩子虽然喜欢读书，但更倾向于亲子共读，听的多，自己读的少。而经历了这个假期，孩子学会了自主阅读并且能够轻松流畅地大声朗读，孩子的坚持和变化都让我赞叹不已。如今，孩子俨然成为一个小小朗读者，每天都在功课做完，适当休息之后，自己主动翻升喜欢的图书，认真地朗读每一个字词，品读书本里精彩的故事。

还记得有一次，孩子读完《八十天环游地球》的时候，跟我分享读后感，他说："妈妈，还好有书本陪伴我们，虽然我们不能出门，但是书本却可以带我们到世界任何地方。读书真有趣！我觉得在家待着也挺好，一点也不孤单！"

"是啊，孩子，书本里有无穷的知识，书本里有美丽的风景，书本里有有趣的故事，当我们读书的时候，就仿佛自己在经历书中的一切。读了

《八十天环游地球》，就好像我们自己跟着作者环游了地球一周。可是，你知道吗？在我们享受读书的乐趣时，有的人正在经受痛苦，也有的人正在冒着危险奋战在疫情前线。”

“我知道，妈妈，他们是逆行者，他们不畏艰险，穿着厚厚的防护服，戴着护目眼镜，在医院救治患者。”

“是的，正是这些勇敢的白衣天使，在为人们筑起生命的防线，给人们带来希望。”

孩子虽然年纪尚小，但是通过这次疫情，却也进行了深沉的思考。孩子幼小的心灵里萌发出关爱野生动物、崇敬医务工作者、热爱祖国的种种意识。孩子懂得了美好生活背后，有无数人在为我们付出，必须端正学习态度，认真学习，努力读书。

感谢危难之中，负重前行、恪尽职守的白衣天使们；感谢惶恐之中，给予人们正确指引的钟南山院士、李兰娟院士；感谢封锁之中，为社区消毒、测量体温的每一位社区工作者；感谢传播正能量的新闻工作者们；同样，也感谢我们自己，感谢每一个坚守家庭阵地，为防控疫情默默做贡献的家庭，每一位老师、家长和孩子们！

阅读，让我们不孤单！在艰难和黑暗中，是书籍和新闻给予我们力量，让我们有勇气、有信心、有希望。通过读书、读报，每一个人在经历过疫情之后，都会重新审视生命的意义，健康的价值，人与自然的关系。生命是如此脆弱，在病毒面前如此不堪一击；而生命又是如此伟大，无数的医务工作者用生命救治生命。这次疫情教会我们敬畏自然、敬畏生命。怀着敬畏之心，在疫情之后，让我们享受阅读，好好生活！

（作者单位：国网登封供电公司）

# 且趁东风读经典

张亚娜

年前拜会老师，将学写作品呈上以期指导。老师看罢，赠我十四字箴言：“须得读破万卷书，方能下笔如有神”，联想终日对电脑屏幕枯坐，却憋不出半句文字的苦楚，遂又虚心请教：“世间读物万千，该如何选择?”师曰：“读经典。”

何为经典？顾名思义，经过时间的沉淀，岁月的洗礼，依然璀璨夺目，熠熠生辉，千百年来被人们经久不息称颂和褒奖，并且经无数事实证明其存在的价值意义，故称经典。

疫情的猝现改变了往年趁节假日聚友游玩的例行，却生出长长的空闲，百无聊赖之际，读书成了日常。因着老师指导，放下手机，摒弃手机刷不尽的抖音视频和更不完的朋友圈，在一本本搁置已久的书籍中找寻曾迷失的思绪，焦躁的心态渐渐被隽永的文字平复。

在一段废寝忘食的阅读里，时间如白驹过隙，《平凡的世界》《简爱》《唐诗三百首》《宋词》以及《论语》《诗经》等读本轮替在手上翻阅。不同于往时追看那些连名字都记不住的网络连载小文的空虚，阅读经典读本的好处便立竿见影突显了出来，《平凡的世界》里坚毅不屈的孙少平，温润可亲的田润叶等人物形象的刻画时而让我热血沸腾，时而牵动着我的三寸柔肠让我为之温和深受感动、为之不幸倍加心疼；《简爱》里悲惨的幼年生活没有改变简·爱的正直，长大后对生活的认知让我欣慰。我渐渐建立了不同于以前的阅读习惯，再也无心翻阅尽是代购和拉票点赞之类的朋友圈，将碎片时间收集起来，一点点消化由阅读经典带来的新鲜认知，感受到自己仿佛像田里的麦苗接受春雨的滋养，拼命吮吸，渐渐茁壮。

阅读经典到底有什么不同呢，我总结对比以前的阅读，得出几个结论。其一，所谓经典，其文也简，其意却广。类比《论语》，《论语》是孔子及其弟子的语录集，亦是孔子人生的智慧总结，睿智闪光的语言光照古今，字字箴言。人尽皆知的学而篇首——子曰：“学而时习之，不亦说乎？有朋自远方来，不亦乐乎？人不知而不愠，不亦君子乎？”短短32个文字，将孔子对学习、交友、修养三个方面的看法尽数解析，生动形象，可作为我们日常学习、交友，乃至处世的参考，从中得到不同的认知和收获。其二，中国文字博大精深，含义深刻，具有几千年的历史，多音字等在不同的句子里表现的不同意思，在冗长的读本里原本容易被忽略，在经典读本里，我们往往需要定住这个字的音，才能弄懂它的意，如此一来，会不自觉去确认一个原本模棱两可的字的读音，久而久之，凭空臆断一个字，不求甚解读书的坏习惯会慢慢改掉，再也不用担心在大庭广众之下因为读错字而造成的尴尬了。其三，所谓经典，都是有出处的，熟读典故，亦可一句讲述一个故事。某一个聚会上，有位朋友姗姗来迟，问其故，言来前突发奇想，先到某处拜会。一友笑言：“所惜非大雪之夜，亦无舟楫劳顿，遂败君山阴狂士之名。”一众惊诧之余，唯我不禁为此人熟读经典并运用自如击节称赞，想必此友曾熟读王子猷居山阴的典故，才能语出惊人，诙谐幽默。

如今，我已经彻底痴迷于对经典读物的阅读，闲暇时间，也会将阅读带来的感悟用只言片语记录下来。朋友看过我虽还是不成章法，但已经有思想意境的碎片文字，戏称是疫情成就了我的“写作梦”。唯我明白，是对经典的阅读和理解，让我的阅读有了从量到质的飞跃，也愿意继续在这一隅做一个柔情女子，为唐诗里的一朵花低眉，为宋词里一朵云驻足，守一轮明月，享文字清欢。

莫道春光难揽取，且趁月夜读好书。你看这夜色正好，月光如水，今晚，不妨从《诗经》里品味一下月光下的思念——“月出皎兮，佼人僚兮。舒窈纠兮，劳心悄兮……”

我猜，你一定也会因此爱上诵读经典的。

（作者单位：国网嵩县供电公司）

# 读《人间正是艳阳天》有感

袁莉莉

“看春风，春风徐徐入心田”“足盏摇过的山峦，山峦一片春色。银饰拂过的层林，层林一片锦绣。情歌飘过的水波，水波一片清明。春天了，十八洞的一切都崭新崭新的，脱胎换骨。”一片春色、一片锦绣、一片清明的十八洞村是作家彭学明在《人间正是艳阳天》对十八洞村的描述，这个精准扶贫重要论述首倡地，因为习近平总书记的到访而声名远播。

今年，在抗击新冠肺炎疫情的同时，党和国家没有忘记另一件重要的大事：2020 年，十四亿中国人将告别绝对贫困，这是党和国家对人民的庄严承诺，这是人类历史上前所未有的壮举！如同中国改革友谊奖章获得者罗伯特·库恩先生曾说过的：“精准扶贫，是最有利的中国故事之一，未来历史学家编撰这个时代的编年史时将会有一个特殊的篇章，就是描绘中国的精准扶贫。”我们热爱的这片土地上，传承着我们中华民族永远不向命运低头的旷达乐观，自强不息！饱含热泪读完全书，体会最深的就是两个字“变迁”！这是我亲自参与的“变迁”，这是全中国人人参与的“变迁”！

我出生于 1982 年的夏天，那一年伊洛河发大水，那一年我们村实行家庭联产承包责任制。父亲说，我的满月宴耗尽了家里的存粮，尽管只有一个冬瓜，一袋面粉掺着一袋玉米面做的窝窝头，但是那一年是他有生之年最有干劲儿的一年。因为初为人父的喜悦，更因为以后他所有的努力都将直接回报在自己家的口粮上，包产到户啦！对于视土地为生命的农民来说，掌握了土地的所有权，掌握了自己的命根子，种啥，怎么种，付出多少，收入咋样，自己说了算啦！充满激情和斗志的我的父辈们，在那一年全心投入、加大生产，努力改善农田设施条件，尽自己所能为家庭谋幸福。

1986年，我4岁，《西游记》的热播让人实实在在体会到万人空巷！那时，我们全村只有一台14寸的黑白电视，常常天还没黑，我就随着盛满喜悦和渴望的心飞出了家门，早早来到有电视那家院里，有时带着板凳，给自己和爸妈占个好位置。大部分时间，小小的我根本挤不到跟前，但仅仅是听声音就足以使我们童幼的心充盈满足和喜悦。星星是静谧的，偶尔有流星划过，为天空增添了神秘和美丽，人们舒心地笑着，笑脸像花朵一样盛开着。现在，父母卧室一台36寸的液晶电视，客厅一台60寸的，父母可以根据爱好看他们喜欢看的节目，还可以用网络点播，有时我还会把我用手机拍的视频放到电视上放给他们看。

7岁和父母一起回四川的情景历历在目。提前好几天，母亲在家炸麻花，准备各种干粮，说是路上吃的。出发当天，叔父赶着毛驴车驮着我们一家到乡里的回郭镇火车站坐2个小时的火车到县里，再从县里坐近40个小时的火车到成都，到成都已是深夜11点，在旅馆休息4个多小时，需要赶唯一的一趟凌晨4点到内江的车，再从内江坐汽车到隆昌县城，四天四夜方才辗转到达。去年春节，父母决定回四川过，这是他们在西城高铁2017年底通车后第三次回四川，从洛阳家里出发8个小时后到四川家里，不用准备干粮，高铁上热乎乎的盒饭15元一份，一荤三素还配一小碟咸菜。便捷方便的高铁圆了母亲常回家看看的梦想，她甚至可以在当天说走就走地回到四川家中，这在我们小时候是多么奢侈的愿望呀！

2006年1月1日起，国家全面取消农业税，在中国沿袭两千年之久的传统税收终结，直接惠及9亿农民，交了这么多年公粮的父母觉得像做梦一样。小时候，有一年，父亲外出打工了，我和母亲误把留在第二年当种子的粮食交了公粮，父亲回来大发雷霆，说“交公粮，要选最好的粮食上交，因为那是国粮，交给国家的！”公粮应该比留在第二年当种子的粮食都优良——这是当时刻在我脑子里的标准。善良朴实的农民用最真诚的方式回报祖国给予的恩情，而祖国更是以免除农业税的空前举措关爱农民，关心农村的繁荣，关注农业的发展，得民心、顺民意。

作者在书中描绘的十八洞村已经不是一个地名了，她是一种每个人都应该去努力追求幸福生活的精神的象征。“我们既要富裕起来的生活，我们也要留得住乡愁，守住土地，拥有绿树青山”，有人问，为什么中国在五千年璀璨文明、一百八十年不屈抗争、七十年建设发展中始终长风破浪、初心如磐？那是因为每一个中国人奋进致远的脚步从未停歇，凝心聚力、天道酬勤！

（作者单位：国网洛阳供电公司）

# 我想给你讲故事

谢梦思

月亮爬上树梢，点亮了夜晚的灯。“讲故事啦!”我拍拍双腿，示意儿子坐上来。小家伙跑到书架前，选出一本喜欢的书，高举着朝我跑来。肉乎乎的小屁股咚地落在我腿上，他催促道：“妈妈讲!”我的双臂环着他，翻开书，开始了一段有趣的旅程。

讲《小猪佩奇之趣味长跑》，讲到猪爸爸长跑，儿子也站起来围着客厅跑上一圈；讲到羚羊夫人呼噜呼噜喝水，儿子也急忙打开自己的水杯喝一大口。最后，看到绘本上的冰激凌，儿子伸出小胖手，假装捏起来，吃得津津有味。

我在背后看着他毛茸茸的小脑袋、柔软的颈窝，听他奶声奶气地跟我探讨故事的内容，感受着他沉浸在童话故事中的纯真，心中有无法言说的美好。

过年前，我天天忙得不可开交，很少陪孩子读书。于是趁着假期，特意在网上给孩子选购了十多套新书。后来因为疫情宅在家，正是这些能“动”、能“讲”、能“听”、能“贴”的绘本，陪我和孩子度过了一段丰富、有趣的时光。我喜欢那些内容精彩且语言动人的童书，它们为我和孩子呈现出一个温暖的小世界。比如，《远行的刺猬》一书这样开头：“春天热热闹闹地来了，暖洋洋的春风吹过山坡……”再比如《我们长得不一样》里写道：“啪嗒！啪嗒！蛋壳一个接一个地裂开，一群毛茸茸的小鸡、小鸭钻出来啦，就像一个个黄澄澄的小绒球。”多可爱呀！和孩子一起徜徉在这柔柔的纯真中，就像在甜甜的梦境中打盹儿，幸福极了！

儿子最喜欢一本关于恐龙的立体书，我陪他看过很多次了，他还要听。同样一本书，我得一次次发挥想象力，今天拓展成冒险故事，明天加入友情元素，后天再补充一点儿关于爱和勇气的内容。有时候，我真的不知道还能怎么讲，只好偷懒，按照书上的文字读下来，儿子反而会补充很多不可思议的片段。我在同他互动的过程中，被感染着，迸发出许多天马行空的想法。他会忽然注意到某一页左上角的一只蓝色小鸟，“和天空一样”，他说。我就顺势编一个小鸟剪下一片蓝天当衣裳穿的故事。

还记得教儿子如厕，前前后后失败了很多次，我气得直落泪。后来无意中，听到儿子指着他的小马桶说“兜兜坐这里”，我才猛然想起，家里有一本绘本是讲小猪兜兜拉臭臭的故事，砰——一个火花在我脑中闪现。

又一个早晨，儿子着急拉臭臭，我引导他坐上自己的马桶，他像往常一样抗拒。我赶紧拿出那本绘本，和爱人一页页大声讲给儿子听。“你看兜兜，他就是坐在小马桶上拉臭臭，宝贝你要和兜兜一样哦！”我们极其专注、大声地给儿子一遍遍演示兜兜拉臭臭的情景。终于，儿子完成了他的第一次马桶“如厕”。

我很感谢那本小书，它以同龄小朋友的角色，说服、帮助儿子向前迈出了一小步。那天以后，儿子每天都自己坐上马桶拉臭臭。一切都那么自然，却又带着小小的不可思议。

“你或许拥有无限财富，一箱箱珠宝与一柜柜黄金，但你永远不会比我富有，因为我有一个读书给我听的妈妈。”

儿子，我想给你讲故事，因为我想成为这样的妈妈！

（作者单位：国网洛阳供电公司）

# 春天是个读书天

梁　云

往年的春天是什么样的？在广袤的田间徒步走一个来回，家家玉兰都开了，油菜花开了，海棠也开了，鸭子在谈恋爱。已是四月中，我竟然还在风中瑟瑟发抖，赶回家去，泡上一杯热茶，蜷在沙发里捏上一本旧书。温柔的春光掠过指尖，书中油墨混着茶香扑面而来。我一直是很喜欢春天的。

我喜欢春天，也喜欢看旧书。这里说旧，一是指年代久远，老旧破损的旧书；二是指看过之后再三喜欢翻看的那些书。我们先说说前者，我高考那年的春天，我的爷爷去世，父亲从老家把爷爷看过的书悉数搬回，就放在书房里。父亲让我有空就整理出一些留念，实在不感兴趣的就找个旧书市场打发掉。坐在旧书堆里，我忍不住伤心，心口像被戳破，少年读书的时光从记忆中汹涌袭来。

在网购流行之前，我们想买点远方的东西，都得上邮局。那会儿流行邮购书，爷爷教我加入俱乐部，每个月就会收到购书指南，只要根据金额给俱乐部汇钱，再备注上地址和书名就成。所以每个月都有几天，我沉浸在购书的快乐里，有了可以自己支配的零花钱，也有阅读的欲望，那时候真是很满足。站在邮局窗口填汇款单时，觉得自己真是个大人了。

爷爷留下的旧书里，我最爱一本黑白装帧的《旅食与文化》，样式有点别致，作者是汪曾祺。我是极喜欢读汪老的，这本1997年出版的散文集是我第一次读他。打开扉页，爷爷题着几字行书“大乱十年成一梦，与君安坐吃擂茶。”

于是我有了答案。“哪个瞬间让你觉得读书有用？”

对我来说，是所有瞬间。

旧书的味道带着岁月的痕迹，有黑灰色的折痕、斑斑点点，边角不规则地卷起，捧在手里自有一番意趣。还有一些旧书，看起来新得很，也不过就是近十年出版的，但与我实在很投缘，引人入胜，每每翻看总能读出点新的感受。有个朋友曾讲，书读过，便旧了，和追剧差不多。反复再三，也看不出什么了。我不同意。正如高晓松在《晓说》里写道：“我们十几岁到二十出头，正在形成自己世界观的时候，海面上全是灯塔，把海面全部照亮。”成长在一堆充满理想主义的大师光芒照耀下，即使有一天灯塔都熄灭了，海面上一片漆黑，我们也基本知道方向要往哪里去。我大概是一个容易迷路的人，只好在读过的书中反复地寻求答案。

亲人的离去，成长的烦恼，少女独有的敏感，让我在青春期到来的那几个年头沉浸在与季节相辅相成的顾影自怜里，夹杂着对未来不确定的担忧与不自信。也许我从来就没有真的自信过，不过是天朗气清的时候多些自我鼓励的勇气。我在旧书和旧故事中体味人生的来路和去路。读书吧，如果失败或者意外是苦的，那就找点甜的东西去中和一下。

读书的好处远不止这一点。反正春天到了，我们总该试着做一个“好读书，不求甚解”的人。这两年，我读得最多的是诗词选。诗词虽然都是旧的，却很是精简可爱，又朗朗上口。短短读了，还能反复玩味，不消一会儿便能背诵下来。“草树知春不久归，百般红紫斗芳菲”“最是一年春好处，绝胜烟柳满皇都”，书中写尽了春光无限。

春天是个读书天。读书时的美像春光一样易逝，我们捧着的那本新书慢慢变旧，枕边的那本旧书再变成珍藏。祈盼在春天快要结束的时候，疫情也能从大家的生活中消失，日子如往常一般平淡宁静。保持用心阅读世界，保持写作，保持光临美术馆，聆听鸟叫虫鸣，保持收藏珍爱的裙子和香水，保持给妈妈和自己买花，保持一切美好的事物，相信人生没有过不去的坎儿，这便是读书教会我的一些小事。

（作者单位：国网孟津县供电公司）

# “疫”线摆渡 义无反顾

## ——读《摆渡人》有感

邓晓蕾

第二次读克莱尔·麦克福尔的《摆渡人》，正值与新冠疫情鏖战的春天。单亲女孩迪伦在去看望素未谋面的父亲途中，遭遇车祸，灵魂出窍，遇到了自己的摆渡人崔斯坦……当直面生死，他们将如何选择？当生命轮回，他们将如何坚守？“责任、爱与勇气”——从书中慢慢浸润出来，直击心灵，让我看到了生命的救赎。

不同的场景，同样的信念。面对疫魔，英雄的中国人民承担的责任、表现的大爱、秉持的勇气，不正是支撑中国决胜疫情的坚强砥柱吗？

因为责任，崔斯坦一路保护迪伦穿越荒原、阻击魔鬼，到达灵魂家园。他说“如果我真的存在，也是因为你需要我。”面对疫情，全国人民负重前行，义无反顾地将生活按下“暂停键”；供电企业工作人员无畏肆虐的病毒，坚决保障电力供应，成为电力客户眼中最美的“逆行者”；中国坚持人类是命运共同体，与国际社会分享疫情信息、防控措施和研究成果，彰显了负责任大国的形象……正所谓“知责任者，大丈夫之始也；行责任者，大丈夫之终也。”

因为爱，迪伦从柔弱到坚强，奋不顾身分散魔鬼注意力，解救危在旦夕的小女孩。她说“我心里有希望，还有爱。”面对疫情，厚道河南深知家国大义、手足情深，向疫区送人送钱送物资，曾经“地域黑”，如今“黑转粉”；84岁高龄的钟南山院士临危受命，奔走在疫情防控一线；饱含医者的使命，学者的大爱；“你平安回来，我包一年家务”，援助湖北医疗队成员赵英明丈夫的土味情话，道尽了对妻子不舍与思念，更体现了对武汉的祝愿和期盼……

因为勇气，迪伦从被摆渡到摆渡，毅然走出天堂，重返危机四伏的荒原，带领崔斯坦重返人间。她说：“一定会成功，我们一定要回去!”面对疫情，北京护士李佳辰背上行囊、逆流而上，她给曾经奋战在非典前线的妈妈写信说道“老妈，别紧张，给我逆行而上勇气的，正是当年那个勇往直前的你啊!”；出版社、新华书店、图书馆将防护知识图书送到抗疫一线，为医务工作者进行线上诵读，因为阅读给人胜“疫”的勇气；无数企业家响应党和政府的号召，冲在复工生产的第一线，保障医疗、食品供应产能……正所谓“千磨万击还坚劲，任尔东西南北风。”

人生的荒原何止一处，我们能做的就是胸中有责、心中有爱、骨中有勇。“中华民族历史上经历过很多磨难，但从来没有被压垮过，而是愈挫愈勇，不断在磨难中成长、从磨难中奋起。”

其实，这世上，没有从天而降的英雄，只有挺身而出的凡人。如果生命是一条河流，谁是摆渡人？你是，我是，我们每个人都是。

（作者单位：国网安阳供电公司）

# 你有五亿个铃铛吗

## ——读《小王子》有感

赵新航

在大人看来图画本上随意涂抹的几笔，对你而言，却是一幅气势磅礴的巨作；在大人看来家门口那棵适合乘凉的大树，对你而言，却是分享喜怒哀乐一切心事的好朋友；在大人看来铃铛或许只是可有可无的一种饰品，对你而言，却是笑出来的无数点快乐。你还记得吃到一颗糖仿佛拥有了全世界的小时候吗？你有多久没看过童话故事了？你有五亿个铃铛吗？

小时候看《小王子》，单纯是喜欢这个梦幻的名字，当做一篇篇小故事慢悠悠翻完。最后只记得有个来自 B－612 星球的小王子，他游历过好多星球，见到了各种奇人轶事。因为挂念着自己种的玫瑰花，小王子最终离开新认识的好朋友，回家了。看完那会儿好像隐隐难过，因为小王子离开地球了，和地球上的好朋友分开了。当长大后的我再次在电视上看到小王子，唤起对他的那份记忆时，忽然意识到——小王子是通过让毒蛇咬自己一口的方式离开的，那他岂不是被毒死了？他哪里是回家了啊。转念间发现，自己已然变成大人了！如此的现实，不再放任心底最无邪的声音主宰自己的思想了。于是，决定重温《小王子》，拾起一些我仍需保留的纯真。

“这些大人们就爱数字。”多现实的一句话！现今的快消时代，我们判断事物好坏都用数字做基准，比如商品、成绩、收入……我们的价值观被数字控制得牢牢的，竭尽所能量化生活中遇到的一切，通过掌握这些框架类信息，迅速分析得出一系列客观结论。在残酷现实的社会生活中，让我们放下一些刻板条框，遵循真正的渴望，不为达到怎样的目的，只为自己的快乐，去倾听内心深处的渴望。

玫瑰花和小狐狸，大概是日常资讯里和小王子关联度最高的两个词语了吧，好像提到小王子就一定会出现这两个角色。小狐狸和小王子相遇在地球的一片草丛，小狐狸让小王子驯服它，小王子最终也做到了。而小狐狸所谓的驯服，其实是有耐心地去接近一个陌生人，花费时间和真心去了解。“实质性的东西，用眼睛是看不见的。正因为你为你的玫瑰花费了时间，这才使你的玫瑰变得如此重要。”这是小狐狸教会小王子的道理。小王子的玫瑰是小王子悉心栽培的，别人认为她和玫瑰花园中五千朵玫瑰没有区别，但小王子不会，小王子眼中的她是独一无二的。驯服，对我们来说，其实就是用真心去交朋友吧。在抛去数字标准之后，让我们以真心换真心，去认识去结交去“驯服”新的朋友。

“一天，我看过四十三次日落”；“你听，我们唤醒了这口井，他现在唱起歌来了”；“这就好像我并没有给你星星，而是给你一大堆会笑出声来的小铃铛”。看日落，是小王子离开玫瑰花的难过；井水唱歌，是在沙漠中千辛万苦找到水源的愉悦；笑出铃铛，是小王子要离开时安慰飞行员好朋友的温暖。日复一日工作的我们，是否已经被乏味的日常磨去了对生活的热情，丧失了感受生活中美好的能力，即使心底纯净，却燃不起一丝火苗了。闲暇时候，去看阳光穿过树叶的罅隙流淌在地面；听春暖花开的声音；去珍惜夜晚星星跳跃闪动的欢乐。

也许，我们依旧摆脱不掉现实的冷酷，我们依然要面对追求权力的国王、贪婪懒惰的酒鬼、唯利是图的商人、循规蹈矩的点灯人，也会遇见神秘凶狠却直白的毒蛇和温暖豁达的小狐狸。无论世事如何，愿我们历尽沧桑，仍坚守心底的纯真，不忘初心，做一个温暖热情而强大的“少年”，拥有“五亿个铃铛”。

小王子被毒蛇咬死了，是的，大人们都这样说。

（作者单位：国网安阳供电公司）

# 手中有茶　心灵有家

## ——读《茶道·茶经》有感

宋志红



老百姓说："出门七件事，柴米油盐酱醋茶"，文人雅士们则说："万丈红尘三杯酒，千秋大业一壶茶。"由此看来，中国人对于茶的情怀可以说是深入到了骨子里的。我也爱茶，极爱而又极其随意的那种，我想能包容我这种脾性的，也只有茶了。因此，在单位的生日礼书中，我选择了一本由云南教育出版社出版的《茶道·茶经》。虽然不能把其中那些茶的由来、出处信手拈来，但是我还是在阅读中被茶的特质所触动，因此做此文与大家共享。

被尊为"茶圣"的陆羽在他所著的《茶经》的开篇便写到"茶者，南方之嘉木也，一尺二尺，乃至数十尺。"又曰："其地，上者生烂石，中者生砾壤，下者生黄土"，只不过寥寥几个字，就让我内心对茶树充满了敬意。一般人看来，植物的生长最好的环境便是土地肥沃，那些娇贵的植物万万是看不上那烂石、砾壤的生存之地的，而茶却不然，那些烂石之中成长的才是茶中珍品，能喝一泡生于烂石之上的大红袍母树茶，不知是多少茶客梦寐以求的愿望呢。

茶之上者历经烂石恶劣环境的磨炼，才产出了绝品的好茶，正所谓梅花香自苦寒来。这又让我不由得想起此次疫情期间，河南省教育厅厅长在新闻发布会上讲述的西南联大在抗日战争时期创造的教育奇迹，西南联大的校训是"刚毅坚卓"，这不正如生于烂石之上的茶树一般吗？不惧苦难、不怕贫瘠，只将自己最美好的年华奉献给社会、奉献给人民，这也是我之所以会说："手中有茶心灵有家"的缘由之一吧。

另外，我爱茶还因茶有其道。《茶道·茶经》上对茶道总结为和、静、怡、真。让我感悟最深的便是其中的和。我们中国人历来讲究和，茶亦是如此，在我看来喝茶这件事，可以很讲究，也可以很将就。讲究的人，焚香沐浴方可泡茶，细品慢饮，体会其中微妙滋味。而那些将就的人则一只大号的富光牌水杯，一把茉莉花茶，大口大口地喝着，只为解除身心的疲倦。从这一点上来看，茶的“和”是无可比拟的，不论贫穷或富有，不论你在海拔5000米的藏区喝酥油茶，还是在英国精致的咖啡馆里喝红茶，只要你喜欢，茶就把你最喜欢那一面给你，只要你喜欢，它就是你最亲密的伙伴。这种融和包容的特质也在我国的外交中屡立奇功，不论是远古的茶马古道还是如今的高峰论坛，茶以包容之姿成为交流的使者和纽带。

除了以上两点之外，我还喜欢以茶会友，闲暇时约三五好友，泡一壶好茶，茶在杯中，香气四溢，咋看平淡无奇，若想分辨优劣，还得用心去品。三毛也曾这样说茶：“第一道苦若生命，第二道甜似爱情，第三道淡如清风。”茶如此，人生亦如此。人生有甘苦，总要在风雨中前行，看一个人，不在于金钱、地位、样貌，而在于品德、善良、修养，茶要品，人亦要品，品茶就是在品人生，品茶能悟出许多人生的真谛和道理。只盼望疫情过后，约你喝茶，手中有茶，心灵有家，可好?

（作者单位：国网安阳供电公司）

# 读《梁家河》有感

聂素娟

读罢《梁家河》一书，久久心潮彭拜，时时百感交集。每每含英咀华，皆如沐春风化雨，又似接受一场灵魂洗礼，经历一番精神涤荡。其文朴实无华，而言之有物，字里行间又真情流露，使人感同身受、受益匪浅。细数书中种种，有那窑洞黄土、山山峁峁、沟沟岔岔，有那沼气池、淤地坝，还有那酸菜、团子、拗口地道的陕北话，诸如此类，不胜枚举。虽我未能浅尝其况味，却亦有深深共鸣。究其全书要旨义理，一言以蔽之，乃“吃苦耐劳，好学力行”八字，然说之易，而做之难，我辈青年须铭记于心，脚踏实地，砥砺向前。



正如书中所述，习近平总书记在陕北生活的七年，忍饥挨饿、吃糠咽菜，日子异常贫苦艰辛。然而，他并没有退缩畏惧，反而迎难而上、甘之若饴，和村民们同吃共住，与乡亲们携手并肩，一步步在逆境中磨砺锤炼，一点点在困厄中蜕变升华，谱写下可歌可泣的动人篇章，成就了刻肌刻骨的传世佳话。

在知青插队的那段岁月，习近平总书记在极其恶劣的环境下，同本乡本土的村民一起开荒、种地、铡草、放羊，又带领大家打水井、开铁业社、办扫盲班，克服重重艰难险阻，在那块红土地上无怨无悔地耕耘着自己的青春。那是他人生难忘的经历，也是我们宝贵的财富，让我辈青年懂得，只有经历过在一线的摸爬滚打，才能真正做到修身养性，提升自我。

现如今值此太平盛世，风不鸣条、天下安澜，百姓安居乐业、丰衣足食，但稔知，这美好的生活来之不易，我辈青年岂能不思进取、好逸恶劳，又怎能得过且过地混日子？自当见贤思齐，以坚守拼搏在电网一线的工人师傅们为榜样、作楷模，栉风沐雨、踵事增华。像他们一样，或起早贪黑，或通宵达旦，兢兢业业、点点滴滴，默默无闻地奉献自己的年华。

清晨，灰蒙蒙的云层，穿透它的，是暖融融的朝阳；黑黝黝的皮肤，掩映它的，是红扑扑的脸庞。穿着整齐的工装，提上鼓鼓的背囊。熙熙攘攘，来来往往，走过大街小巷、高楼平房。沿着纵横交错的线路，驶向辽阔无垠的田野上，跨过连绵起伏的山岭，还有那清澈见底的池塘。就这样，他们孜孜矻矻、碌碌忙忙。

曾几何时，花粉，点缀了褶皱的袖口、结实的胸膛；蛛网，装饰了锃亮的帽檐、直挺的脊梁；汗溶溶的额头，湿漉漉的衣裳，尘土翻作裤腿上的泥巴，夜色月光将影子拉得更长。

曲曲折折、坑坑洼洼的路啊，摇摇晃晃、走走停停的车啊，匆匆忙忙、劳劳穰穰的人啊，都一同进入那莽莽苍苍中，密密丛丛里，你看、你看，那山在磅礴，那草木在婀娜。

此时此刻，不禁又让人想起亚圣孟子那句箴言，“故天将降大任于斯人也，必先苦其心志，劳其筋骨……”

（作者单位：国网南阳供电公司）

# 我眼中的宋词

## ——读《宋词三百首》有感

汪　磊



相对于唐诗的中规中矩，豪情万丈，我更喜欢宋词的错落有致、荡气回肠。宋词之美，美得沉静，美得洒脱，美得惆怅，美得激昂，美得柔婉缠绵，美得肝肠寸断，时而豪放，时而婉约，时而忧伤，时而欢快，时而痴醉，时而悲壮。

宋词，是柳巷深深的宫墙，乱红飞过，无限悠长。

宋词，是珠帘画屏的倩影，淡雅闲愁，意境悠悠。

宋词，是伤春悲秋的愁绪，无边细雨，飞花如梦。

宋词，是青石绿苔的小径，凭栏望眼，纤云弄巧。

宋词，是晓风残月的清冷，柔软细腻，泪眼茫茫。

宋词，是独上高楼的孤寂，西风黄叶，路长日暮。

宋词之美，美在字，美在词，美在意境。集文学、美学、史学、哲学、古文学、考古学等为一身的近现代国学大师王国维曾说过："词以境界为最上。有境界则自成高格，自有名句。五代北宋之词之所以独绝者在此。"《人间词话》二十四《蒹葭》属《诗经·秦风》，就是要告诉我们谈词必须从《诗经》开始，《诗经》作为最早的诗歌总集，对我国后期的诗词发展产生了深远影响。台湾作家琼瑶之名取自于《诗经·卫风·木瓜》，"投我以木桃，报之以琼瑶。匪报也，永以为好也。"著名网络作家匪我思存的名字出自于《诗经·郑风·出其东门》，"出其东门，有女如云。虽则如云，匪我思存。"

词发源于唐代，但在当时是不入流的。"二晏"之一的晏殊，官至宰相，"文章赡丽，应用不穷，尤工诗，闲雅有情思"，擅长小令，词风风流旖旎，但像"无可奈何花落去，似曾相识燕归来"这样的名句，他却不承认是自己所写，词在当时的地位可见一斑。

在词的发展史上，具有开疆拓土之功的当属南唐后主李煜，李煜虽为政治上的亡国之君，但在文学方面，却写出了沁人心脾的华丽词章。李煜的词，继承了晚唐以来温庭筠、韦应物等花间词人的传统，又受李璟、冯延巳的影响，将词的创作推进了一大步，也可以说是登峰造极的。

柳永，原名柳三变，屡试不第，流连于烟花巷陌，倚红偎翠之中，自谓“才子词人，自是白衣卿相”。《鹤冲天》乃柳永科考落榜、牢骚感慨之作，但此词很快传唱开来，仁宗临轩发榜，特落之，曰：“此人风前月下，好去浅斟低唱，何要浮名？且填词去！”由此“奉旨填词”，后改名永，方得磨勘转官。柳词流播极广，“凡有井水饮处，即能歌柳词”“好之者终不绝也”。他在扩大词境、发展慢词、丰富词作表现手法上做出了杰出的贡献，从而奠定了宋词昌盛的基础。

说到宋词，不得不说苏轼，千古宋词，千古苏轼，千古绝唱，《念奴娇·赤壁怀古》名列排行榜首，全词气魄宏伟，意境宏阔，纵横古今，气势不凡。苏词继柳永之后，对词体进行了全面改革，扩大了词的题材，怀古、感旧、抒志、咏诗、写景、记游、说理等均可入词，使词真正突破了“花间”“尊前”的樊篱，开拓出豪放的词境，提高了词的文学地位，破除了诗尊词卑的观念，成为豪放派的先驱。

“春色三分，二分尘土，一分流水。细看来，不是杨花，点点是离人泪。”王国维《人间词话》，“咏物之词，自以东坡《水龙吟》为最工”。

李清照，号易安居士，婉约词派代表，有“千古第一才女”之称。李清照出身于书香门第，早期生活优裕，其父李格非藏书甚丰，在良好的家庭环境熏陶下，打下了坚实的文学基础。出嫁后与夫赵明诚共同致力于书画金石的搜集整理，金兵入据中原时，流寓南方，境遇孤苦。所作词，前期多写其悠闲生活，后期多悲叹身世，情调感伤。形式上善用白描手法，自辟途径，语言清丽。论词强调协律，崇尚典雅，提出词“别是一家”之说，反对以作诗文之法作词。

《声声慢》全词用18个叠字，国破家亡、天涯沦落而产生的孤寂落寞、悲凉愁苦的心绪，哀婉凄苦之情呼之欲出。

宋词之美，蹁跹着缠绵，氤氲着温柔，是梧桐上的细雨，是小楼上的东风，是萧瑟惊秋的蝉鸣，是西塞山前的白鹭，是乌衣巷口的夕阳，是莺声与梁燕的呓语，是“无言独上西楼，月如钩”的伤悲，是“雁字回时，月满西楼”的愁思，是“无处不销魂”的惆怅，每每读之思之，心旷神怡，如痴如醉，仿佛是宋词里梨花带雨、清凉静幽的月光下，走出的翩翩少年郎。

（作者单位：国网唐河县供电公司）

# 读《向阳而生》有感

朱淳雪

乍看书名，我马上联想到我喜欢的向日葵，坚定又执着地追随着太阳的方向，蓬勃积极地生长。向日葵的花语是“沉默的爱，没有说出口的爱”，有些像书中的黄明远和墨嫣然。向日葵的花语代表着信念、光辉、高傲、忠诚、爱慕，寓意勇敢地去追求自己想要的幸福，它绽放的不仅是爱情，还有对梦想、对生活的热爱，就像主人公为了内心的信仰，坚定而执着。

这部作品刻画了社会各阶层众多普通人的形象，劳动与爱情，挫折与追求，痛苦与欢乐，日常生活与巨大的社会冲突，纷繁地交织在一起，深刻地展示了普通人在大时代历史进程中所走过的艰难曲折的道路，特别是主人公面对困境艰苦奋斗、积极向上的精神深深打动了我。

黄远明在学生时期父亲重病，他打工为父亲看病，后来有幸成为“金秋助学”项目的受助人，顺利完成了学业。他认为，“亲历过贫困的人更应该努力成为富有的人，能够追随自己的内心，做自己喜欢的工作并充满热情，而不是为了养家糊口而去做不喜欢的事，从而对人生诸多抱怨。成为富有的人，不仅能更好地照顾自己，照顾家人，而且还有能力去帮助别人。”主人公的这段话吸引了墨嫣然，也让我这个普通读者看到了他内心的责任、担当与感恩。

孔子曰：“士不可以不弘毅，任重而道远。仁以为己任，不亦重乎？死而后已，不亦远乎？”责任具有至高无上的价值，它是一种伟大的品格，在所有价值中处于最高的位置，责任胜于能力，责任越大，提升能力的空间才能越大，责任更是能力中的核心能力！责任造就魅力，有魅力才有吸引力，有吸引力才能有成就。我们每一个人都在生活中饰演不同的角色。无论一个人担任何种职务，做什么样的工作，都对他人负有责任，这是社会法则，是道德法则，也是心灵法则。在这个世界上，每一个人都扮演着不同的角色，每一种角色又都承担着不同的责任。生活总是会给每个人回报的，无论是荣誉还是财富，条件是你必须转变自己的思想和认识，努力培养自己勇于负责的工作精神。一个人只有具备了勇于负责的精神之后，才会产生改变一切的力量。人可以不伟大，人也可以清贫，但我们不可以没有责任。任何时候，我们都不能放弃肩上的责任，扛着它，就是扛着自己生命的信念。责任让人坚强，责任让人勇敢，责任也让人知道关怀和理解。因为当我们对别人负有责任的同时，别人也在为我们承担责任。

泰戈尔说："谢谢火焰给你光明，但是不要忘了那执灯的人，他是坚忍地站在黑暗当中呢。"学会感恩是担当责任的基础，成功不是一种机会，而是一种选择，学会感恩，选择责任。感恩家人，要理解、体谅、包容每一个家庭成员，学会自我负责，不要为失败或者自我的任性找借口，只有为失败找方法才行。学会调整心态，积极向上也是一天，低落沮丧也是一天，所以一定开心努力过好每一天。

心态胜于一切，社会和家庭的最小个体就是每个人，人都有长处，相互学习；人都有短处，相互宽容；人都有难处，相互帮助；人都有苦处，相互体谅。学会感恩，感恩身边的每一人，感恩社会，感恩企业，一个懂得感恩的人才会学会责任胜于一切。责任是一种精神，责任即荣誉。

世界上有两种人，一种人，虚度年华；另一种人，过着有意义的生活。在第一种人眼里，生活就是一场睡眠，如果这场睡眠在他看来，是睡在既柔和又温暖的床铺上，那他便十分心满意足；在第二种人眼里，可以说，生活就是建立丰功伟绩……人就在这个功绩中享受到自己的幸福。

希望我们都能像主人公一样做个阳光快乐而积极的人，坚定执着、不忘初心、一路前行！

（作者单位：国网新乡供电公司）

# 心驰神往的胡同儿

## ——读《老北京那些胡同儿》有感

范文鹏

北京，大部分人都去过，我也去过。

不知道你们去北京主要是为了什么，我去北京，就是想看看那里的胡同儿。北京胡同儿对于我来说，简直是神一般的存在。北京，是个什么地方？金碧辉煌、气势磅礴、巍峨高耸，经济中心、文化中心、军事中心、政治中心、金融中心，全世界瞩目的焦点。而在这个富丽堂皇的时尚之都，却有那么好些个形形色色的，名字听起来随意的，令人忍不住咂摸，需要暗生好奇，久久玩味的，藏在毫不起眼的旮旯里的民俗风情博物馆——胡同儿。

终于有一天，能趁出差之便到北京，而且还能有一小段自由时间。我迫不及待地打开百度搜索有名的胡同儿，“扫了”一辆单车，逛起来。夏日的午后是寂静的，很衬我的心情。悠悠然骑着单车，一会是古，一会是今，迷糊着自己是走在电视剧或小说中的哪一个胡同儿，又在经历着小说或电视剧的哪一段故事。等游出胡同儿，来到高楼耸立的现代化建筑，好似现在流行的穿越剧，穿梭在古老气息与现代时尚冲击强烈的氛围中，人也好像变得高雅起来，沾了仙气，自由自在地在传奇中变换自如。

回家的时间到了，胡同儿拽着我，不想让我离去。还好，梓奕荣轩编著的一本《老北京那些胡同儿》又把我拉回来了。

《老北京那些胡同儿》可以说是科普读物，也可以说是散文、杂文、小说、回忆录、诗歌等，文章体裁在这里均能找到踪影。从胡同儿的前世今生，到胡同儿的爱恨情仇，备之以照片，辅之以逸闻趣事，乐得我如同捡了个宝。虽然少了点老旧胡同儿独特的烟火气和年久的尘土，但是作者在行文中绘声绘色的描述，或道出的胡同儿中蕴含的文化底蕴，或北京俚语所说“逗牙签子”的那些事，令这一个个书本中的“胡同儿”都活色生香起来了。

胡同儿，从建筑学来说就是北方普通的建筑，严格来说还不能算是建筑，而是建筑在挤挤挨挨中留下的缝隙，这个缝隙被作者冠以“血管”的称呼，贴切之至。在这本书中，作者如数家珍般描写了“革命胡同儿”“文学胡同儿”“大师胡同儿”“外交胡同儿”“历史胡同儿”“官场胡同儿”“商场胡同儿”“佛教圣地胡同儿”“音乐胡同儿”等形状特异、骨肉俱全的胡同儿，穿梭在这些“胡同儿”中，犹如血液缓缓地在血管中流淌，深沉而又热烈。

在一些人心中，胡同儿是破砖烂瓦，是敲到墙上去的铁牌子，是拥挤不便的难堪，而在编者看来，北京胡同儿是历史，是文化。北京胡同儿在历经元、明、清三个朝代发展扩建之后，在数目上达到顶峰，文化上达到成熟，内涵上达到丰满。每一条胡同儿的形成和发展都留下了历史变迁的痕迹，反映了社会风情，能从胡同儿的荣辱沧桑中窥见历史的烙印。

有人要问，北京的胡同儿有多少个？北京俗话告诉你：“有名的胡同儿三千六，没名的胡同儿赛牛毛。”但我从这本书中知道：最长的胡同儿是东交民巷，同时也是最古老的一个胡同儿，据说在马可波罗造访元大都时就已经存在了。现在，东交民巷几经起落，已无原始模样。不过，如今政府还是及时地将它列为一条文物保护街了，这是历史的悲哀；北京上千条的胡同儿名儿中，最具诗意文雅，最令人回味的，不过“杏花天”“芳草地”“百花深处”三个。其实这三个胡同儿原本不叫这个名儿，只是这些胡同儿风景优美，鲜花盛开，一些文人雅客便给这起了个风雅的名，这是自然的造化。“老北京的红磨坊”胭脂胡同儿发生过一段传奇，故事主角苏三和她的爱情故事被收进了冯梦龙的《警世通言》，这一历史事件永久与曾经的繁华浪漫胜地胭脂胡同儿连在了一起，成为茶余饭后的谈资，这是世俗的留痕。中华文化名片成贤街，也就是国子监街，这里古典雅致，具有高贵的气质，深厚的文化底蕴，其他胡同儿与之相比，几乎是苍白的，简直就跟马路没啥差别，这是儒雅文化的积淀。最后重磅推出胡同儿的祖师爷——砖塔胡同儿，它已有700多岁高龄。虽说年龄已经骇人，但更令人咂舌的是这个沧桑的老古董里，依然居住和生活着现代百姓。几千条的胡同儿，我说不完。

来，我把这本书推荐给你，你费心做好旅游攻略，把这些胡同儿在百度地图中标出来，找到最方便的路线，我们共同走进这高大上的柴米油盐里，走进光怪陆离的古老尘埃里。

（作者单位：国网新乡供电公司）

# 以爱之名

## ——读《边城》有感

王　蕾

静水流深

《边城》这本薄薄的小书，即使你把她放在那些大部头的长篇名著里，也许不及它们那般恢宏和壮美，那般如史诗一样充满错综百态，也依旧不会有丝毫的逊色。你会深深被这位“飘逸不群的小仙女”感染折服，她就是中国现代文学那悠远而磅礴的画廊里，镶嵌在沈从文先生名下的一颗璀璨剔透的珠玉。当你驻足赏味，总能听到从那片世外小城中传来的歌声，伴着少男少女那些缥缈甜蜜的情怀，又青涩又伤感，却又同时让你感到一股来自山间水畔淳朴而坚强的生命力，不由得相信只要等待，那个她的他就一定会回来。

这本书在我的枕边放了很久，舍不得插回书架。因为每次我拿起她，总还要再翻几页，在我喜欢的情节处停留，随着字里行间在脑中尽力描绘故事的场景。翠翠大概笑得少，哭得多，承受了如我们一向心痛且唏嘘的一夜长大的沉重的痛，但即便如此，每次看到她秀丽、纯真的身影，我还是能够因她带给我的清美而感动。仿佛她就是那座湘西小城的化身，如同无数神话传说一般，将无形的风土人情和精神象征具象成为一个真实的形象，她的容貌是溪流船桨，她的言语是和风细雨，她的喜怒是人间冷暖。

我将她如宝贝一般留在手边反复摩挲，是因为喜欢翠翠，喜欢从她身上洋溢散发出来的所有细腻的情感，也更是喜欢透过她这簇美丽的“棱镜”，折射出的湘西奇景。

湘西的色彩是明媚而清丽的靛蓝，屋檐层叠，巷弄深邃，神秘又亲切。她不受打扰，自然生长，泥土和花草的味道，完全浸染了我的书签。我常常因风景而走神，几度忘记那些曾敲打过心坎的痛楚。谁说黄莺的鸣叫不是伤怀绵绵无绝期；谁说夏虫与黄昏不是思念与挣扎晕染了本应是自由美好的青春年月；谁说月色洒满溪畔时不是境由心生的波澜不惊。我相信你一定还生活在远方的某一个角落，也许此刻正和我看着同样的夜空，也许下一秒终于决定冲破桎梏回到我身边，捧着我的脸说永远永远……

这是不是故事的真意，我也不甚明了。可是，但凡爱是主题，她就总是美的，短暂幸福很美，不圆满也有遗憾美，连等待也有凄楚而又充满希望的美。我多希望我也能拥有编织梦境的魔法，我便会将翠翠那零碎繁杂的心绪织成绚丽的梦，并让这些美梦停留，直到能够给她不顾一切的勇气。可以的话，我还想让这虚幻的梦境翻转成现实，淹没的舟船驶向辽阔的风和日丽，画卷变成目力所及的庭院和码头，向往和憧憬牢牢握在手中。

在这个世界上，你能遇上让你一见倾心的人，是有多难得。而小镇不过步履可及的四方水土，我看到你的那一刻，你是不是早已看到了他。有时候，我们不得不仰望高高在上的命运，以爱之名，将牺牲推向亲情不可顾虑的边缘。无法突破那个崩塌的临界点，但我们的愿望那么纯真朴实，我不过是想用冒险去为你换取一份安稳的依靠，亦希望你不要被任何世俗的牵绊所束缚，就坦然接受赠与。接受，本就是一种成全。

可是，我仍旧低估了爱的蝴蝶效应。

你的牺牲在你的人生里充当着重大事件，他带你远走，给你未知，数不尽的磨难在前。你以为身后是你留下的阳春白雪，却忽略了他们每个人长大成人的速度。在你离开的那一刻，时间在短短数秒之间，在他们的身体发肤，刻下原本需要在漫长年月里逐渐领略的人生精义。他们变得孤苦伶仃，加上伤口太深，痛楚如同埋进骨髓的地震源，会在从此以后的许多年里，一股一股地往外涌，每一次，都让他们筋疲力尽，声嘶力竭。

如果翠翠有勇气大声拒绝爱她的人，也许爷爷会坚定如斯；

如果女子放下羞怯去拥抱喜欢的人，也许坦然并不是那么遥不可及；

如果哥哥愿意不再犹豫大胆争取，也许恋爱本就青涩简单，苦痛会更容易随风散去；

如果爱并不只是虚无缥缈的臆想，也许一句话、一支歌便能如愿成真……

关于“如果”的排比句，我可以再写满这纸页，但他说，“这个人也许永远不回来了”，让我再多的如果，都好无力。

“也许”也总还有一些可能性，这是合上这本书的念想。日后我会行走在湘西小城的街道里，触摸和感受她和他们的气息。

（作者单位：国网新乡供电公司）

# 用行动书写出90后的孝心与担当

## ——读《孝经》有感

马艳婷

一本经典著作能对一个人产生多大的影响？我想答案是深远而恒久的。作为一名90后，我在几年前就曾读过《孝经》这本经典古籍，起初并没有太多的感悟，直到自己经历过结婚、生子以后，才慢慢地感悟出其中的道理。《孝经》可以说对我处理家庭关系有着深刻的指导意义，让我更明白了家风的淳厚和生命的意义。

没有成家立业之前，总觉得自己是家里面的孩子，什么事都有父母挡着。直到有一天，从校门里走出来步入职场，然后突然发现年过半百的父母不知在什么时候早已双鬓斑白，想为父母做些什么却又无从做起。没几年，又嫁为人妻，为人母……时间，如同白驹过隙般划过，所以，世上最不能等的事就是孝顺。然而结婚以后，陪伴父母的时间越来越少，多数时间是和公婆相处。从一个家庭环境换到另一个家庭环境，经历不同、习惯不同难免有些格格不入的感觉。但不变的是对长辈的孝顺之心，所谓孝顺重要的还是一个“顺”字，就如同《孝经》里讲的：爱亲者，不敢恶于人；敬亲者，不敢慢于人。《孝经》让我在新的家庭里面更多地学会了倾听。不管愿意不愿意，感觉对不对，都要耐心听长辈说完，听取他们的意见，满足他们的要求，使他们觉得他的话还有人听，还能得到尊重。长辈的话是他们几十年生活经历的总结，很多是值得我们学习和借鉴的，今天可能暂时不理解，也许多年以后就懂了，希望这个时间不要到来得太迟。遇到有矛盾的地方，我都选择退让，不是意志不够坚定，而是不想让公婆伤心，让老公为难。

随着乖巧的女儿的降生，我在这个新家的角色也有了转变，也渐渐地体会到了做父母的艰辛。此时，《孝经》让我也有更深层次的感悟。对女儿的照顾，我可以说是无微不至，生怕照顾不周让女儿受罪。然而长久以来，我却忽略了父母也是同样对待我们的，因此，在以后的岁月中，我也更多了一份对父母、对公婆的照顾，力争做到“孝子之事亲也，居则致其敬，养则致其乐，病则致其忧”。关心父母起居，做到细致周到、体贴入微，大事做好，小事不疏忽。虽然很多时候，父母怕给子女增添麻烦，不愿意说出来，然而生活中的一些细枝末节，总能让他们感受到春天般的温暖。比如为父母添一套换季的衣服、共同打扫一次家庭卫生、一起做一顿午餐，点点滴滴，让我对家有了新的认识，身上的责任和担子也更重了。

其实孝敬父母，物质上的满足远远比不上精神上的快乐。在日常的生活中，一次不经意地聊天，一次饭后的散步，一顿团圆饭都是父母老年生活的精神食粮。在日常生活中，我和老公能做的就是多陪陪父母，给双方父母增添更多生活上的乐趣。不得不说，女儿为这个家庭增添了太多的欢声笑语，可能是“隔代亲”的缘故吧，总之，能让父母感受到其乐融融的天伦之乐是我们晚辈无可推卸的责任。当然，我也会对父母的个人自由给予充分的尊重，尽量让他们做主，不随便干预，不包办代替，把父母的感受放在心里，给他们留足充分的自由和空间。

转眼已到了而立之年，我对家庭已经有了新的认识，每一个成员都是生活在同一个屋檐下的命运共同体。特别是夫妻，就像一个人的左右手，是一个生命的两个组成部分，谁也离不开谁，只有互相配合才能起作用，没有谁强谁弱、谁高谁低、谁贵谁贱、谁重要谁不重要的道理，在某种意义上来说，也没有根本的利益冲突，没有对错之分、是非之分、输赢之分。对待父母，一切以孝顺为出发点，就能做到家和万事兴。从另一个层面上来说，父母也是孩子的一面镜子，言传不如身教。母在做，子在看，只有对待父母敬重，将来才能得到子女的孝敬。正如公益广告里的那句台词：关爱今天的老年人，就是关爱明天的自己。孝是我们中华民族的伟大传统，正是一代代人的传承才让它不断地发扬光大，到我们90后这里，更要继承和发展，形成好的家风，一代一代传下去。

（作者单位：国网延津县供电公司）

# 中国式"铁憨憨"

## ——读《闲话中国人》有感

朱秀欢



"花如解语还多事，石不能言最可人。"诗人陆游笔下，石本无语，可沧桑岁月却在它身上留下了耐人寻味的痕迹，要真正领悟奇石之真谛，需要赏石者用心交流，才能从它那独特的个性和傲然的品质中赏识它的不屈和坚韧。倘若与它未无求得共识，便产生偏见，自然是无缘揭开奇石之亘古之美，更无法体会它令人怦然心动勾魂摄魄的魅力。

《闲话中国人》就像一块奇石，用易中天先生自己的话来描述这本书——"其是一本闲书"。虽然确是"闲书"，却有可读之处，把中国浩瀚历史变成闲话篇章，读来随意，却让人回味无穷。《闲话中国人》挖掘中国人所有的表象，从我们习以为常的"饮食、服饰、面子、人性、单位、家庭、婚恋、友谊、闲话"九个方面解读中国人。

这本书从人们生活中时时处处可见的现象，既不抽象又不枯燥地讲最不好讲的中国人。中国人为人处世的"原则"或"法则"太多，中国人耿直却又圆滑，坦诚却又世故，讲实惠却又重义气，守古法却又赶时髦，懂得"只争朝夕"的道理却又主张"慢慢来"……

常言道，君子以厚德载物。小成就看做事，大成就看做人。仔细想想，确实是这样的道理。在中国，无论你多聪明，多能干，条件多好，但如果人品不过关，那么谈什么都没有用。拼到最后的就是人品，人品代表着一个人的人生格局。刀在石上磨，人在事上看，纵观中国好人榜，哪个不是"铁憨憨"。

在中国，一个人往前是孤胆英雄，一群人一起往前，就是群体意识。岁末年初，一场新冠肺炎疫情突袭大江南北，举国上下同时间赛跑，与病魔较量。从耄耋院士到"90后""00后"，医无私，兵无畏，民齐心，14

亿中国人报团取暖，开启“团战”模式。从武汉到湖北，从湖北到全国，中国人展现出的中国速度、中国效率、中国力量，让世人惊叹。“潘多拉的盒子打开了，灾难、疾病、恐惧，都跳出来了，但盒子里还留下来一样东西——希望。只要希望还在，之前的一切困难，都不是问题。”1998 年特大洪水、2003 年抗击非典、2008 年汶川地震……一次次穿越风雨的勇气，来源于一方有难、八方支援的民族精神，来源于中国人同舟共济、守望相助的家国情怀。“摧伤虽多意愈厉，直与天地争春回。”武汉如约绽放樱花，神舟依旧蓬勃生机，大江大河的中流砥柱，愈发展现出平波镇浪的巨大力量。

“我们知道个人是微弱的，但是我们也知道整体就是力量。”中国人深知，面对灾难，团结是最好的良药，合作是唯一的出路。中国“铁憨憨”凭着智慧、勤劳、不服输，和平崛起，群体意识早已升级为人类命运共同体。这充分表明“大道之行，天下为公”理念在中国文化中的地位，表达着“和衷共济，四海一家”的情怀。

凡是有人群的地方就有闲话，正所谓“春城无处不飞花”。“闲话”其实不“闲”，闲话漫谈犹胜至理名言，散笔犹胜业余正书。看书中“各种小事”，具体的、鲜活的、生动的语言描述，从而了解一个民族文化的生命信息和遗传密码。品书中“各种小事”，或是立体扫描，或是深层透视，颇具中国特色，现象虽有种种，但却“九九归一”。目的只有一个，就是要揭示出中国文化最核心最深层的秘密。

所以，“最寻常必然是最正常。”如果说，中国人是一个谜，中国文化也是一个谜，中国文化的思想内核就是谜中之谜。解谜难，解谜中之谜更是难乎其难。一幅幅生活印象，一笔笔人情练达被易中天先生勾勒在以“华夏文明”为底板的画布之上，呈现出苍穹有力的三个大字——中国人。

（作者单位：国网长垣供电公司）

# “柏拉图之恋”可能跟你想的不一样

汤立亚

说起“柏拉图之恋”，你的脑海中是否会浮现诸如纯粹、精神、心灵等名词，认为这是最理想最美好的爱情状态。如果你有这种想法，我可以告诉你，你错了！柏拉图心中的爱情可能跟你理解的“柏拉图之恋”大相径庭。

在《通向哲学的后楼梯》一书中，有这样的说法：“柏拉图断言：不幸成了女人肯定是上帝的惩罚。只有那些在生活中不能自制、胆小怕事、没有正义感的男人们，死后才投胎转世成为女人。”对女人这么不友好，对婚姻什么态度就不难想象。柏拉图认为，“将男人和女人带到一起的不是爱情。婚姻的目的是生育，婚姻的任务就是生育尽可能强壮健康的后代。”由此柏拉图建议，“应该把女人当作公共财产，分配给那些为城邦立下战功的勇士们。”

看到这里，特别是一些女性朋友是不是就要开骂了。但关于爱情，柏拉图真的认为跟女性无关。相反老男人对男童的爱慕，才是被当时的人们所推崇的。比如，柏拉图就很欣赏老师苏格拉底对某个男童的爱。但柏拉图的真爱是哲学，哲学才是他的恋爱对象。

从柏拉图对女性的看法到当时名人八卦，再到哲学之爱，这样聊柏拉图和他的哲学观点是不是挺有趣，感觉哲学是不是也不那么曲高和寡了？这就是《通向哲学的后楼梯》这本书的特色。

《通向哲学的后楼梯》的作者是德国哲学家威廉·魏施德，他是柏林自由大学教授，海德格尔的弟子，著有大量哲学著作。这本书是魏施德写的哲学入门著作。自 1966 年出版以来，引导无数年轻人步入哲学殿堂。

书名中的“后楼梯”一词，指一种轻松的姿态。拜访大师如果从正门进，必要衣衫整洁，态度恭敬。大师在客厅正襟危坐，表情严肃，话题直接。但走后门就不一样了。可以穿着休闲装，可能会先遇到大师和蔼的夫人和正在玩耍的孩子，大师会邀请你先喝杯咖啡，寒暄几句再进入正题。对哲学充满兴趣又不得其门的年轻人，是不是经后者入门更合适呢？

《通向哲学的后楼梯》就这样从大师家的后楼梯登堂入室，按照时间顺序，从古希腊泰勒斯“哲学的诞生”，到维特根斯坦“哲学的没落”，一共讲了34位哲学大师的思想和生平。从他们的生活习惯、求学经历、婚恋八卦，甚至大师之间的师承或者互损趣闻，走进严谨的哲学思辨。

哲学家也是人，有七情六欲，有喜怒哀乐。生活和思想有时候会相互影响，但有时又会很矛盾。

帕斯卡尔是个神童，从没上过学，却在数学和自然科学领域卓有成就。莱布尼茨也是神童，成就涉猎多个学科。但他们最终都把哲学作为自己最终的事业。

卢梭的《爱弥儿》被誉为儿童教育学说的典范，但在实际生活中，卢梭却把自己亲生的5个孩子全都送到孤儿院，原因是嫌他们太吵，抚养成本太高。

笛卡尔从小体弱多病，终生都早睡晚起以保养身体。康德则是出了名的守时自律，邻居们甚至可以根据他的作息来判断时间。而海德格尔几乎一辈子都没离开过自己出生的黑森林地区。

柏拉图对女性的观点虽然会令女权主义者大为愤怒，但在当时来说也算正常。直到13世纪，艾克哈特的学生里才出现女性的身影。而尼采却一直对女性怀有“某种难言的恐惧”，这也直接导致了他终生未婚。

罗素是贵族，晚年还被封为爵士。他向往爱情，渴求知识，对人类的痛苦怀有莫大的同情。维特根斯坦是个含着金汤勺出生的富二代，却一直过着极简生活，后来还把自己名下的财产都分给了兄弟姐妹。而马克思却终生穷困，一直靠恩格斯接济度日。

哲学家们个人经历各有不同，但纵观哲学史，他们的思想构成一条清晰的发展脉络，从神到上帝到人直到无神论。

亚里士多德是第一个写哲学史的人。在他看来，人类只有满足了基本生存欲望之后，才会去思考哲学。这点倒有点像我们说的“仓廪实而知礼节”。希腊的泰勒斯被认为是哲学的鼻祖。

巴门尼德和德谟克利特开创了形而上学的先河，从此，哲学就在窥探绝对和从绝对出发解释现实之间变换形式。苏格拉底则要人们思考，“不经反省的人生是不值得过的。”这句话现在经常被当作鸡汤出现，殊不知这是大师思考的结果。这个时候的神，还是希腊神话中的阿波罗们。

从奥古斯丁开始，哲学的研究眼光开始转向人的内心，从而开创了哲学史的新阶段。但出发点还是基督教，原罪和人的自由意志发生矛盾时，人还是应该感谢上帝。而上帝就是衡量真理的标尺。

“我思故我在”是笛卡尔说的，完整的说法包括“我怀疑故我在，我受骗故我在。”笛卡尔非常强调人的“自我独立性”，他把人类的认知分为客观和主观。由此可知，看似现在理所当然的认知分类，其实不过是把思想束缚在了笛卡尔设置的牢笼里。

伏尔泰被誉为启蒙思想的奠基人，但他反对教会，只是攻击教会制度。他不是无神论者，他仍相信世间的一切都是上帝的产物。

谢林提出了自然哲学的概念，自然的无意识和精神的意识是自然的发展，最终指向艺术。他认为艺术超越了自然和精神，是“人类创造出来的最崇高的产品”。叔本华除了著名的悲观主义之外，也非常推崇艺术。他认为，“艺术是世界存在的最本质，最原始的东西，是世界表象的真正内涵。建筑、雕塑、绘画、文学、音乐这些艺术形式，都能把人从痛苦中解救出来。”

直到费尔巴哈，才开创了彻底的人本哲学，反对基督教，宣传无神论。雅斯贝尔斯强调人的自由，认为人们要尽力把握、选择、依赖和实现自我。罗素干脆直截了当反对神的存在。认为所有的信仰不过是人为了满足自己的需要而想象出来的。因为人类自身的有限，才制造出了无所不能的神。

争论仍在继续。当维特根斯坦说“让所有哲学问题都见鬼去吧”时，所有的哲学问题依然存在。

这些哲学大师们，不管一生颠沛还是出身豪门，不管隐居山村还是传道授业，都有一个共同追求，孤独。哲学是所有学科的基础，只有在最孤独的时候，大脑才能够进行最深刻的思考。他们思考起源、善恶、存在、意识等被一般人忽略，但却是最原始最底层的概念。

哲学家并非天生就是哲学家，他们都经历了诸多生活历练，也跨越了其他学科的成就，然后才发现，那些都远远不够，不足以满足他们对自我的探究和对人类的好奇。于是，他们不约而同踏上了一条孤独之路。

现代人普遍害怕孤独，动辄求交际追人脉，希望在众人中间找到自我。殊不知只有孤独才会真正面对自我，发现自我。害怕孤独就是害怕面对自己，害怕发现一个不完美的自己。读《通向哲学的后楼梯》，了解作为“人”的哲学家，也了解这些推动人类思想发展的孤独大脑，最终让我们勇敢拥抱孤独。

（作者单位：国网孟州供电公司）

# 永葆赤子之心

王　璟

公司六一儿童节举办儿童画展，展出百余幅画作，小朋友们的作品精彩纷呈，妙趣横生。注视每幅画就像注视一双澄澈的眼睛，站在每个画框前就像站在一个童心的窗口。缤纷画作映照出赤子之心，让我们得见一个个美丽的心灵。

赤子之心，圣人贵之。孟子曰：大人者，不失其赤子之心者也。老子说：常德不离，复归于婴儿。李贽于《童心说》中讲：若夫失却童心，便失却真心，失却真心，便失却真人。赤子之心是人的本心本性。

赤子之心是天真纯粹的心。小朋友的稚嫩笔触就像小小梵高，有种先天的艺术直觉。他们喜欢高饱和度与高亮度的色彩，画出的《黑猫》《日出》《泥泥狗》《五彩斑斓的鱼》很具冲击力，瞬间洗涤你的眼睛。好奇的天赋还使他们画出《冰激凌小镇》《小船的旅行》，天真烂漫，无忌无羁。

赤子之心是勇敢热忱的心。他们不惮于展露自己的感情，热忱表达信任与爱意，在《我的爸爸》《我妈妈》里大声说“我爱您！好爱您！”“她真的很棒！”他们是能量饱满的能量体，散发灼灼的光和热，温暖感染周围的人。

赤子之心是自然本源的心。他们和自然尚为一体，眼中万物有灵，拥有敏锐的感知力。他们能收集到最细小的信息，能体会到最简单的快乐，自由地展现生命本来的样子。《小熊高高兴兴送快递》《跑得太快的斑马》《蜗牛爬爬爬》就是他们发现的有趣片断，他们具有一种随时随地能让自己兴致盎然的能力。

在生命之初，我们每一个人都有这样的赤子之心，但随着涉世愈深，不沾污浊之气却十分不易。梭罗在《瓦尔登湖》中说“人性中最美的品质，就像是果实上的果霜，必须小心翼翼才可以保存。”

在经历了社会的复杂后，我们会不会和外界妥协，一起混沌，不再纯粹，对一切都有了灰色的态度；在见识了人性的幽暗后，受到冷漠与伤害，我们会不会开始选择隐藏，惮于表达，失去勇敢，不再热忱；在受到了功利的浸染异化后，我们的快乐会不会被标注了价格，不再认为一朵花与钻石同样珍贵，忘记了璀璨的除了金子还有阳光。我们能保存这人生果实上的果霜么？

人生如逆旅，你我是行人。从起点到终点，其中山重水复百千重，希望我们善始善终。从旅程最初的看山是山看水是水的自发，到中途看山不是山看水不是水的犹疑，最终回归看山仍是山看水仍是水的自觉。一样的赤子之心，却是长途跋涉后的返璞归真，是不同的人生之境。

罗曼·罗兰说："世界上只有一种英雄主义，就是在认清生活真相之后依然热爱生活。"赤子之心就是这种了悟，是深谙世故而不世故，是明白人性而宽恕人性，是知晓炎凉却依旧热爱。

就像孩子们的画作总是缤纷，希望我们的人生画卷也不褪色！与小朋友们共勉，祝愿我们一起永葆赤子之心。

（作者单位：国网焦作供电公司）

# 父亲带我向前走

卫 真

有人说，人生的道路是漫长的，但至关重要的只有几步，走好这几步，往往就能把握好自己的命运。在我人生的紧要之处，是父亲带着我向前走，充当着我前进路上的航标。

临近初中毕业，我十六岁，眼看距离中招考试只有一个多月了，可我仍然没有丝毫压力。父亲坐不住了，他在我书桌对面的墙上写下“人生能有几回搏”几个大字，还贴上一张“今天距离中考只有××天”的倒计时条子，并不厌其烦地每天更换日期。在父亲深邃的目光下，我只能坐下来复习功课。父亲帮我整理笔记，抄写卡片，搜寻时事要闻。他不懂英语，但为了帮我熟记单词，就用汉语提问，让我背诵默写。印象最深的就是每天晚上父亲都要坚持伴我陪读到深夜……终于，我考入心仪的学校，是父亲把在十字路口迷茫的我引上了坦途。

在外地上学，每次收到父亲的来信，他都要批评指责我的字写得太差。他说：“字是一个人的脸，不要等到用时方知丑。”父亲给我寄来临摹字板和钢笔字帖，让我从一笔一画练起。临摹了几天，我就感到枯燥乏味，渐渐松懈懒散起来。我上学那会，通信还不发达，亲人间的交流全靠书信。远在百里之外的父亲常常来信关心我的学习生活。一次，父亲将我一封凌乱潦草的家书寄还给我，并严厉地告诫我说：“若不改掉敷衍潦草的毛病，从此永不再看你的信。”我惊呆了，知道父亲言必行，行必果，自此再也不敢有丝毫怠慢。

走上工作岗位不久，父亲又意味深长地将两本厚厚的册子放在我面前，细细翻看，原来一本是报纸文章剪贴，另一本是父亲几年来在新闻刊物上发表的几百篇文章。于是，我学着父亲的样子，渐渐养成热爱读书的习惯，看到好的文章便剪贴成集，从中吸取甘露，汲取精华。久而久之，我感到有一种渴望，不吐不快。于是，我也开始写文章，也偶有“豆腐块”见诸报端，父亲比自己的作品“问世”还高兴，为我精心剪贴收藏。在父亲的携领下，我又走上了一条不同的路。

有位作家说：“真正的父亲永远是孩子生命中的一种图腾。”我觉得，父亲更像一条时刻牵引我奋飞的风筝线！

（作者单位：国网焦作供电公司）

# 每个人身边都有一个解忧杂货店

崔红玲

许是这些日子遇到了很多的不如意，心情郁结而糟糕，脾气也跟着变坏，不受控制地伤人。

尤其，是最亲近的人。

朋友就在这时寄来了一本书，《解忧杂货店》，日本作家东野圭吾的长篇小说。

其实，对于这本书，早在2012年春天，我就有所耳闻，之后，也曾在听人推荐后，不止一次丛生去读的念头，只是，读的计划一次又一次在自己无懈可击的借口下搁置了。

这次，许是寂寞，许是落寞，又许是在乱麻一般的情绪中挣扎了太久，太想早一刻破茧而出，走出困境，我捧着书，一夜未眠，翻读着作者笔下的人物，和他们关于解忧、关于治愈、关于人间温度的故事。

是的，人间温度。合上书的最后一页，我觉得，再没有比它更贴切的短语了。

作者将故事的每一个情节都注入了温度，围绕一家"投进去疑惑就能得到答复"的杂货店展开，通过时间线的折射，将小说中的人物和故事连成一条救赎线。把抉择过程中的痛苦、追逐梦想的执着、爱的无私与忘我逐一展现出来，而这整个过程也让敦也等三人的心灵得到了感悟与净化。

之于我，通过走近故事，走近主人公的情感世界，也开始认真去思考生命的意义。

它不是拧着眉头去计较，而是淡然一笑来礼让。

它不是沉溺于无法改变的过去，而是干净利落地放下，从容上路。

它不是纠结于该得到多少名利，而是关注于能否温暖身边人。

它不是匆匆赶路，而是能适时停下来，修补内心的破洞，不让最重要的东西悄然溜走。

人生，其实就是这样，一次次沉睡，又一次次苏醒的过程。

只是，要相信，以善为径，总有一天，我们会遇见更好的自己。

正如书中所言，他们只是迷途的羔羊，手中都有地图，却没有去看，或是不知道自己的位置。

所以，不必无望，不必忧伤。以温暖为笔，好好描绘自己未来的人生地图。

之于其他种种，譬如，敦也、翔太、幸平他们会得到原谅吗？孤儿院“丸光园”还能继续好好经营吗？那牛奶箱里面还能继续投递烦恼的信件吗？……

这些，都无关紧要了。

真的，无关紧要。

紧要的是，放下忧伤的脚步，问一下内心，找到自己身边的那些解忧杂货店。

紧要的是，给自己一束光，然后，告诉自己，如果生活是苟且的，也别放任自己沉沦。

因为，生活其实并不太糟糕，一切还都有转圜的余地。

因为，总有人在默默爱着你！

（作者单位：国网博爱县供电公司）

# 平凡中的不平凡

## ——读《平凡的世界》有感

师晓林

第一次读《平凡的世界》这部书还是在高中，近期又重新细细地拜读了一次，仍旧受益匪浅。

这部小说所传达出的精神内涵，正是对中华民族千百年来“自强不息、厚德载物”精神传统的自觉继承。这样的小说对底层奋斗者而言，无疑具有“灯塔效应”。

《平凡的世界》是路遥文集中分量最重的一部长篇，全景式地描写了中国现代城乡生活，通过复杂的矛盾纠葛，以孙少平等人为代表刻画了社会各阶层普通人们的形象，人生的自尊、自强与自信，人生的奋斗与拼搏，挫折与追求，痛苦与欢乐，纷繁地交织，读来令人荡气回肠。

每一个平凡的人都有一个不为人知的不平凡的世界，每个平静背后都有激情澎湃，无声有时胜似有声。《平凡的世界》里有一群不平凡的人，是这群不平凡的人组成了这平凡的世界，读完这本书后人的灵魂也许得以净化，也许还会改变你现在很多的想法。

孙少平是幸福的，因为有田晓霞的出现，即使他们最终不能走到一起，但他们是幸福的，这也是孙少平平凡生活中的不平凡一点，他遇到田晓霞。然而，现实生活中能有多少人能找到自己的真爱呢？对于很多人来说，孙少平的爱情让人羡慕。少平是平凡的世界里面写得最成功的人物，我是这么认为的。真的是把人物形象刻画到了极致，而且我自己就感觉我就是孙少平身边的一个人，一个默默关注他的人。

没有一条小船不是经过风暴而顺利抵达港湾的，孙少安的成功也不例外，在实现“飞”的壮举与体现自身价值的过程中，他也曾遭遇到不断的挫折和打击。如为了扩大社员自留地，他曾被当作“走资本主义道路”的黑典型来批判；曾为尝试着进行承包责任制的改革而遭到县委的严厉批评；最为残酷的是在第一次扩大砖场时，因高薪聘来的烧砖师原来是骗子的缘故，他的砖全部烧砸了。无力归还贷款，也付不出村中帮忙劳力的工资，那时，他就像一只被风暴打断翅膀的小鸟在冷风中簌簌地颤抖着。

路遥为我们讲述的不只是那个久远的年代，更是一种人生应有的信仰和追求，亘古不变。这是一个喧嚣浮躁、道德危机的时代，每一个还拥有梦想并在追梦的人们都该再重温《平凡的世界》，它会让你懂得，尽管命运是那样的不公，尽管社会有那么多的不平，可只要你能够不屈不挠、艰苦奋斗、勇往直前，终能获得最后的成功。

路遥还教会了我们要有独立的人格，尽管你可能会遭遇孤独，孤独是人生自我证明的必经之路，只要你认定了自己的理想，那么坦然面对孤独，将是你勇往直前最后的支撑点。

真、善、美，永远是人们所追求的至高境界。书中的一个个主要人物，那么的真实，那么的善良，这该是作家心灵的折射：路遥定也是那么的一个人。路遥在教会我们不必用尽生命去做一个漂亮的人，但应用尽生命去做一件让人们叫好的漂亮事。前者只能证明你的处事圆滑，而后者则将见证你精彩的一生。

（作者单位：国网商丘供电公司）

# 读《中西文明的对照》有感

李　利

利用休闲时间，我阅读了一本《中西文明的对照》，这本书是著名历史学家许倬云先生撰写的“许倬云说历史”系列的第三本。该书共分九章，时间跨度从旧石器时代至辛亥革命，分别从政治制度、经济发展、思想文化和宗教等方面，叙述了中国和西方文明在发展历程中的差异，并向我们提出了“未来，中华文明兴起机遇何在?”这一问题。

欧洲长期继承了战斗部落的文化，这也是他们的文化基因，使得他们不断扩张，永远“进取”。远程的商业活动、殖民组织以及繁密的交通网，这些特质在欧洲的发展史上成为了长期继承的传统。在君士坦丁大帝以基督教作为国教后，西方文明建构为一个完整的整体。西方文明关注的是超越自然和人心的理性，欧洲的心态是从对抗中求得胜利。西方人的冒险精神、大洋航道的开拓和美洲财富促进了西方工业的大发展，以欧洲为主体的近代世界，在17世纪以来的三百年间，有了非常迅速而巨大的改变。

几千年来，华夏文明呈现的特点是安定、内敛和人民安居乐业。儒家思想是中国思想体系的主轴，它确立了人和人之间相处的尺寸和尺度，提出了“修身、齐家、治国、平天下”。儒家将天地万物都作为关怀的对象，这是普世和永恒的价值观念。儒、道、佛三家合一，使得中国文化中的每一个人都受到三家思想的影响，这正是中国文化的精神所在。中国文化关心的是人间的次序、人生在世的意义；中国人的心态是追求和谐于宇宙中。但是，在近代社会，明清时期思想的封闭保守和专制独裁，导致了中国文明落后于西方文明。

通过阅读本书，我明白了从古代到近代，中国文化和欧洲文化之间经过间接的交流，不断地接收着彼此的信息。但是，两者依然有巨大的差别，两个地区的文化，自古以来“走”着完全不同的方向。在现代的世界，中西文明终究不可分割，双方终究还是必须从共存中一起发展出融合双方特色的人类共同的文明。现如今，世界科技快速发展，中西方经济文化交流密切，华夏文明面临着机遇和挑战。我们要牢记作者的警告“视野不能狭窄和短促，结构和思想不能僵化”。习近平总书记提出的人类命运共同体，就印证了作者这一个观点。不能只着眼于本国利益，而要着眼于全世界和全人类。一方面，要发扬本国传统文化，推动传统文化创造性转化和创新性发展，构建和谐文明的社会，实现国家民主、富强，人民安居乐业；另一方面，要互相学习中西方文明的优点，学习当代西方先进的科学技术，加大与西方文明在文化和经济方面的交流与合作，共同促进人类文明的发展！

（作者单位：国网平顶山供电公司）

# 家

## ——读《我的单位观》有感

刘　远

什么是单位？单位是我们和社会之间和他人之间进行交换的桥梁，是我们显示自己存在的舞台，是我们美好家庭的后台，是我们实现价值的地方，是我们安身立命的客栈，单位如家。《我的单位观》这本书讲到了，如果你是小草，单位就是你的地，如果你是小鸟，单位就是你的天，如果你是一条鱼，单位就是你的海。家庭离不了你，而你离不了单位，没有单位，你，什么也不是。

单位如家，那么家是什么？是幸福的源泉，生活的动力，温暖的依靠，心灵的驿站。无论是念念不忘还是心向往之，我们的家，一个既能够安生也能够安心的地方，平供大家庭。她温暖、包容、激励、呵护、担当。对于国网劳模朱玉伟来说，这个家赋予了他太多的汗水与创新；对于中原大工匠周乐超来说，这个家给予了他太多知识和成长；对于老站长董前进来说，这个家记录了他的平凡和伟大；对于青年员工王锣丹来说，这个家记录着她对未来的期许与憧憬；对于我来说，这个家是我最平淡而真挚的拥有，他呵护并记录着我们的点滴变化和记忆。同时，我也见证了家庭中每一个成员的激情与创造、汗水与不易，见证了一代又一代平顶山电力人群策群力，为了大家庭向善、向好，家庭的每一个成员不断地努力着、续写着。

生命中总有一种精神令人感动，总有一种信念使人执着，也总有一种价值让我恒守，不经意间，我们互为陪伴了20年的光阴，从一名继电保护工到营销窗口人员，从一名政工工作者到群团工作。我一路艰辛地付出并快乐地收获着。感受到了身边的师傅专家那份工匠精神，感受到了营销窗口人员身上的担子和责任，感受到了政工群团工作者的那种严谨热情与活力。

家，和谐。忘不了历年职代会上每一句掷地有声的承诺，忘不了年度务虚会上各个专业和领域的我们进行各种“头脑风暴”，忘不了总经理联络员座谈会群策群力。合理化建议征集、一句话建言献策、厂务公开、平等协商制，等等。公司把企业的发展目标、发展规划、工作重点、面临形势给职工交底；把职工关心、关注的身心健康、惠民政策、关爱内容给职工保障；把职工代表提案、职工合理化建议的落实情况给职工讲明，形成了人人为企业献计出力、共谋企业发展的浓厚氛围。我很踏实，因为我的家规范而和谐。

家，创新。刚入职有幸赶上了公司“电网建设年”，当时赶上电网发展的高速推进时期，忘不了我的师傅、我的班长带着我处理缺陷、接端子排、保护定检。我们和师傅们一起住站、一起生活、一起体会试送电成功的成就与喜悦。忘不了我身边不断涌现出各种达人和绝活。一项项引领职工岗位成才、幸福成长的活动层出不穷，一个个响亮的名字影响着青年职工。“朱玉伟劳模工作室”在全省率先揭牌；“光明的记忆”文化展厅与“董前进班（站）长工作室”在全省第一座110千伏、220千伏变电站贾庄变电站揭牌运营，“中原大工匠周乐超”“鹰城大工匠肖春伟”引领更多青年人迅速成长，技术专家、技术带头人、技能专家的选聘成为专业人才队伍的发祥地……大家庭如同一团熊熊燃烧的火焰，点燃着自己的激情，照亮着家人的思想，影响着团队的行动。

家，感动。我们坚持提质增效、我们坚持优化营商环境、我们服务地方经济发展、我们扎实公司安全生产、我们牢记“人民电业为人民”，为了这份沉甸甸的责任，我们内强素质、外树形象。我们比质量，赛工艺水平；比安全，赛管理水平；比工期，赛工程进度；比效益，赛节能降耗，这些活动掀起了全员参与企业发展的热潮，极大地挖掘了广大干部职工的潜能。记得在营销岗位时身边的姑娘们奋战服务最前沿，每到用电高峰期，一动不动地端坐在电话旁，顾不上吃饭、顾不上喝水，嘴唇干了、嗓子哑了，这些都无暇顾及，有时电话刚一接通，传来的便是粗鲁的斥责与谩骂声，无人喝彩的辛劳常常使大家泪流满面，然而，为了那份沉甸甸的责任，她们还得擦干眼泪，用微笑迎接下一个客户，而这仅仅是公司各专业的一个缩影，每当这时，我的眼睛总会莫名的湿润，我的心灵总会随之升华，我感动于自己和伙伴们的辛勤付出，我钦佩于自己和伙伴们的善念和担当。

家，活力。给我一个平台，还你无限风采。公司是一个温情的“家”，它不断创新建家的形式，丰富建家的内容，一系列以“安康杯”竞赛为载体的“安全之家”；以开展劳动竞赛和技术创新活动为重点的“争先之家”；以开展文体活动为纽带，不断丰富职工业余生活的“文明之家”；以扎实做好为职工群众办实事、办好事工作的“温馨之家”；职工的学习培训和学习型组织创建工作的“学习之家”；加快发展和谐劳动关系，构建和谐企业、和谐社会的“和谐之家”等“家”字号活动平台应运而生，使每位职工都能找到适合自己发展的角色定位，职工参与企业活动的积极性、主动性和创造性得到了全面提升。“我唱我响亮”青年歌手大赛，“青春我最炫”职工风采大赛、“铿锵玫瑰 芬芳企业”电力芳华T台秀、“寻找平供好声音”“旗帜领航 建功新时代”职工文化成果展、职工技能运动会、各类体育赛事等不同群体、不同侧面的群众性文化创建活动最大限度满足职工精神文化需求。当“电力玫瑰 芬芳鹰城”获全市巾帼风采大赛金奖、当足球比赛获得省公司系统第四名、当夺得首届省公司职工运动会第五名，一场场精彩绝伦的视觉盛宴，体力、智力、技术、协作的激情碰撞，我们感受着文化带给我们的魅力与快乐，感受着队员们带给我们的激情与感动。

这本书让我学会了理解和宽容，责任与担当，分享与鼓励。单位让我收获了友情、亲情和感激。我将常怀感恩之心，恪尽勤勉之责，与家人们一道继续为公司发展续写美好。

（作者单位：国网平顶山供电公司）

# 花儿不止开在春天

## ——读《恰到好处的幸福》有感

陈莲花

三月“玫瑰关爱月”，在第110个三八国际妇女节到来之际，为丰富女职工积极向上、热爱生活、和谐健康的精神面貌，在疫情期间，我拜读了毕淑敏的《恰到好处的幸福》，书中让我受益匪浅。

### 有爱心，做一个幸福女人

毕淑敏说：“在生与死之间，是孤独的人生旅程，抱有一份真爱，就是照耀人生得以温暖的灯。”维持生命的是食物和空气，激活生命力的是爱。爱的情感，是所有高尚情感的源泉，也是女人愿意一辈子为之守候、奉献的情感。没有爱，任何文字都是乏味的，没有爱我们很难去理解体会同情、善良、悲悯、思念、奉献、牵挂、呵护、疼惜等一切温暖词汇的涵义。只因有爱汶川地震废墟下才有在顽强的母亲怀抱中生还的婴儿；只因有爱才有在生命的最后时刻保证一车乘客安全的公交车司机，只因有爱才有在疫情最严重时期那些逆行者力量；只因有爱才有“最美孕妇”“最美妈妈”“最美女教师”“最美白衣天使”……爱能让一分钟永恒，能让人一辈子铭记在心，只因有了爱，才让我们感到千般美好，万般留恋。

### 有自信，做一个幸福女人

自信是女人最好的装饰品，一个没有信心，没有希望的女人，就算她容貌漂亮，也绝不会有令人心动的吸引力。并非拥有得多才自信，自信不是自负，不是目空一切，只缘于一份从容与优雅。自信，是相信自己，充实自己。拥有自信，可以把阴霾变成阳光，失去了自信，阳光也会变成阴霾。只有不自信的女人，才会拼命折腾爱。爱是经不起折腾的，再爱的人也会疲倦，他没有义务忍受你的折腾，更没有耐心经受你的折腾。女人要充满自信，要学会自我欣赏、自我肯定和自我完善。每个年龄段都有气质所在，年轻有年轻的张扬、肆意，中年有中年的儒雅、睿智，老年有老年的豁达、仁慈。从容自信的女人，身上永远焕发出蓬勃的生机，散发出向上的力量，饱满的激情。

## 有独立，做一个幸福女人

女人的美丽有多种，但我认为独立的女人最美丽。独立的女人是精品女人，没有精品的内涵就不会支撑独立的局面。独立的女人是天空自由飞翔的白鸽，洁白而优雅。现代女性不仅要经济独立，还要思想独立、生活独立，更要有精神独立的能力，才会让自己的心灵变得更加坚强！当女人的精神世界依附于他人、不再独立、不再有自己的时候，吸引对方的特质便会慢慢消失。女人把自己禁锢在一个狭小的空间里，即使委曲求全迟早有一天也会窒息的。精神独立的女人不是要“一个人活”，而是要“一个人也能活得很精彩”。女人独立是对自己的确认，无论在经济上、人格上，亦或是情感上，女人都应该独立，决不可以依附别人。

## 多读书，做一个幸福女人

喜欢这么一句话：“要么读书，要么行走。”读书，沉淀的是灵魂的底蕴；行走，拓展的是思维的宽度。文字的魔力是出人意料的，我不敢说所有人的成功都是文字的功劳，但至少是与文字有关联的。曾在单位、家两点一线的生活中感觉枯燥无味，也曾被工作压力、家庭琐事磨砺得失去激情，幸好在闲暇中能捧起书本阅读，才让自己自信起来。作家毕淑敏说得有道理：“书不是胭脂，却会使女人心颜常驻。书不是棍棒，却会使女人铿锵有力。书不是羽毛，却会使女人飞翔。书不是万能的，却会使女人千变万化。”不读书思想便会停止，日久就要生锈。女人记得多读书，在别人的思想之下，建立自己的思想，因为有思想的人，才懂得世间真善美，才有给自己、家庭幸福的能力。

女人如花，但花开不止在春天，女人可以一辈子优雅芳华，做如花女子，素素开在光影里，让身边人温暖，自己幸福……

（作者单位：国网河南华辰供电有限公司）

# 愿善良的人都被世界温柔相待

## ——《从你的全世界路过》读后感

余　娜



最开始看到这本书是因为封面上有这样两段话打动了我。一段这样写道：我希望有个如你一般的人，如山间清爽的风，如古城温暖的光，从清晨到夜晚，由山野到书房，只要最后是你，就好。另一段却是如此写道：如果你要提前下车，请别推醒装睡的我，这样我可以沉睡到终点，假装不知道你已经离开。这两段话像极了人生的起点和终点，在起点，我懵懂或恐惧，于是期望有你陪伴失意或荣光，只是到了终点，你烦累或心酸，也许相见恨晚也抵不过似水流年。

你像风呼啸而过，我似铃迎风飘扬，你也许听到悦耳而驻足，我可能仰望天空而停住，可是，只是在那一刻，我们遇见，而已。我们都从彼此的世界里走过，或匆匆，或渐渐，我们都从彼此的世界中路过，或向前，或走远。我一直说感谢让我遇见你，让我知道真的还有奇迹和转机，我也一直说感谢让你离开我，让我知道原来温暖还有距离与回忆。如果你我不曾相遇，那么在最后就不会有伤心。可如果你我今生终究无法相遇，我想在结局时我会独自叹息。今后的你，我无法提及更无法描绘得清晰，而我只能满藏记忆，步步回头地往前走，纵使再和你擦肩而过，我明白了我从你的全世界路过，而我们也仅仅是从对方的世界路过，哪怕寂寞无声，我们也依旧相顾无言，即使见你一面，就算看你一眼，然后再继续和沉默做老朋友。

曾经以为人生就这样了，平静的心拒绝再有浪潮，寂寞惯了便会惊醒，吵闹过了即会零星，当飘叶拂过水镜，似梦似幻都已成空，有些人藏在心里，有些人脱口而出，会痛就是爱着的，会怨还是念着的，爱上了就是不能回头的。也许生命流动着某一刻的痕迹，可能只是执念进驻在某个人的心底，虽然岁月总是匆匆地催人老，虽然现实总是百般阻挠。有时牵挂是很真实的，它温暖每个时刻，有时苦涩是很纠结的，它维系每个忐忑，随意说出口的那三个字“我爱你”，是否当时只觉得春风再美也比不上你的笑，可曾想后来一番徒劳，然而这一切都不再重要，你庆幸的是还有人在等你，你感到幸福的是还能有人陪你走过这一段，即便这些都只是曾经。对，总有人在来路上对你点点头，贯彻你的将来，数遍生命的公路牌。

当然让人感到温暖的从来都不是只有爱情，友情和亲情同样深刻于心，并且隽永不朽。世间中各种感情都在时刻变化且转变着，从陌生到熟络，从深知到迷茫，甚至从喜爱到饮恨，无论何时都该把握，不应潦草，无论如何都该美好，不应乞讨。朋友有天发给我：“当朋友之间的感情维持了十年之上，就是亲情了。”我则发给她一个深深的拥抱，因为虽然我们距离遥远，可是我们都知道，她的荣耀，我不会妒忌，我的失落，她不会鄙夷，朋友不会参与我的思想和人生，但是当我因为焦急失败而掉队后，她就会在路口等我，然后微笑着拉我去下一站。而对于亲情，某个奇妙而注定的缘分，这个炽烈而一生的承诺，那些细碎而美好的存在，是心头的一记闷响，是柔软的一抹良药，不管身在何处，不管功成潦倒，家，总是最熟悉、最安全、最期盼，家之所以为家，就是无论多远都会回来的地方。

所有的人在身边川流不息，所有的事在面前时过境迁，当一切走过了时间，翻越了空间，还能不能回到从前。从前每次流光的眼神只能落在你身后，从前每次溢彩的心情只会停在你左右，此时才明白其实没有所谓永远，从前也已经这么遥远。回头张望也早看不到如初来路，翻遍回忆也早记不得一句玩笑。你还是路过了我的世界，打开了我的心房，从你心仪的起点，关闭了我的畅想，致你放弃的渴望。路只有走过了才知道深浅，爱只有经历了才明白留恋，我明白我留恋的只是过去那个你，也不再等待着天晴，你说你会回来，我深知我执着的举步维艰，可是我继续着的坚持是对从前深深的眷恋。如果你能爱我几年，那将是我的幸运。如果你能爱我一生，那将是我的命运。如果你不爱我了，我依然感激你。在我生活最糟糕的时候，遇见最好的你。

人的一生至少该有一次，为了某个人而忘了自己，不求结果，不求同行，不求曾经拥有甚至不求你爱我，只求在我最美的年华遇见你。记住有时，遗忘有时，嬉笑有时，愤怒有时，遗憾有时，释然有时，这么多的有时最终组成了你我曾经许愿的永远，最长的永久还是只并肩一半，记住了路过的悲观。行色匆匆，谁也不会为谁流连忘返，千里迢迢，谁也不会为谁一厢情愿。我用我自己的方式在我的世界里，静静地看着你走过，而勇敢地向你的背影挥手，相望于眉头绽开，相忘于微笑浅浅。你看，花开正好，暮暮朝朝，有时清淡有时了了。故事的开头总是这样，适逢其会，猝不及防。故事的结局总是这样，花开两朵，天各一方。

（作者单位：国网正阳县供电公司）

# 触摸心灵的温度

刘 静

年前装修新房，我不顾设计师的劝阻，硬是打造了一整面墙的书柜。书柜落成后，我将这些年收藏的书一本一本小心翼翼地放上去。静静地、悄悄地，就像是和久违的老朋友倾心交谈，感受着书和手掌之间的摩擦，心头无比的明媚和温暖。

一直固执地认为，一个写作者要有自己的书房，那是心灵的栖息地。无论何时，走进书房，就像走进了另外一个世界，心门对世界关闭，只有书香在空气中交融，心不知不觉长出一对翅膀，自由自在地翱翔。在这个什么都快的时代里，只有阅读才能让心灵慢下来，享受一段独属自己的静美时光。

一个人的阅读史，其实也是他的成长史和生命史，是不断发现自我、完善自我、提升自我的过程。我最初的阅读有些随意和漫不经心，随着年龄和阅历的增长，读书也开始变得郑重起来，学会有规划有选择地读书，让读书真正成为生活的一部分，融入我的生命。

身在职场，专业永远是我们安身立命的根本。不同的专业书籍总会带给我们不同的感受。同一行业，大家的工作总是同频共振，学习别人，借鉴别人，对自己的工作是不无裨益的。有时，读着读着总是眼前一亮，拍案叫绝，同一件事情，别人新颖的写法、独特的角度、精彩凝练的文字叫我暗自佩服，忍不住看了一遍又一遍，在笔记本上记下来，特别有感触的还会写上自己的心得。对于一些典型经验和亮点做法，我总是认真阅读、耐心摩揣、融会贯通，运用到实际工作中。这种他山之石让我受益匪浅，不仅拓宽了我的思路，打开了我的思维模式，也让我更加愿意去思考、去创新、去尝试。我把这些书籍和文章分享给身边的同事和朋友，大家一起讨论，一起分析，其乐融融。

家门口有一家书店，名曰：天中书苑。周末，我和孩子相约来到这里。各自精挑细选一本自己喜欢的书后，安静地坐在书桌前慢慢地翻看。在这里，安静是唯一的主题，每个人都手捧一本书，或坐或靠，轻轻地翻动，完全沉浸在自己的世界里。即使有人询问，也是轻轻的，生怕惊扰了别人。每次来到这里，生活的纷纷扰扰瞬间被屏蔽过滤，结晶成纯粹和宁静的心花，在心头跃动。有时看着那些青春的面孔，学生时代和同学一道相约去图书馆的画页一幕幕浮上心头，那些住在书里的时光隔着被岁月漂白的记忆依然清晰如昨，层层叠叠地覆盖着我的身心。不由地庆幸，多年后还能拥有这样一段静谧，是一件多么奢侈多么美好的事情呀！至少初心还在，梦想还在，坚持还在。

每次恋恋不舍地走出书店后，我和孩子还会在小区转上几圈，就书里的一些问题进行交流。我惊讶地发现，一些在我心头已经固化了的故事或者情节，从孩子里的口里总能听到新鲜的见解。不由地感慨：书原来是常读常新的，即使同一本书，不同时代的人阅读视角和感触是不一样的，甚至是大相径庭的。而读书更能让我们互相理解，互相包容，找到更加舒适的相处方式和契合点。

慢慢地我发现：读书是一个寻找的过程，每个人都是在书里寻找最接近自己心灵、一下子就能和自己产生共鸣的东西。这个过程中，如果发现自己的思想和看法竟和某位喜欢的作家合拍，小窃喜就会不自觉地溢上心头。原来，一个灵魂可以孕育在不同的躯壳里；原来，前人走过的路，我们还在走；原来，我的思想也可以这么伟大。

读书多了，就想发出自己的声音，而写就是最好的途径。从最初的千字文开始，我在阅读中写作，在写作中阅读，让写和读相辅相成，陪伴我一起成长。几年来，先后加入了市作家协会、省作家协会和中国电力作家协会，认识了更多的老师和朋友，也越来越发现自己的浅薄和无知，心在沉静中谦卑下来，认真聆听，仔细分辨，在学习中取长补短。我的一位文友和我说得最多的话就是：要多读书，读好书，提升眼界和格局，时刻关注大刊物的风向和一些名家的写作动态。每每，遇到他认为好的书，他会第一时间推荐给我，甚至直接买下来送给我。感动之余，总是在心底提醒自己：好好读书。

有人说：书是通向世界的路。也有人说：读书是门槛最低的高贵。一本本书，如一只只飞舞的蝴蝶，为我打开了一个全新的世界，让我顺着心灵的脉络，感知这个世界的冷暖，探测时代的温度，也让我行走在人生这条路上的时候，始终没有迷失方向。

（作者单位：国网西平县供电公司）

# 感恩　新生

## ——读《2020中国战“疫”日记》有感

杨美霞

堵车了，真好！

看着我的城市由疫情之初的被迫按下“暂停键”，到现在的生机勃勃车水马龙，“满血复活”的喜悦让我有种想要掉眼泪的冲动，真好，我太喜欢欣欣向荣的感觉啦！

同样的路线，心境天差地别。疫情之初，每次走在路上，偶尔路过的行人、街边紧闭的门面房、萧条如寒冬的压抑，都让我觉得非常难过。如今，再现车马喧嚣，我激动得数次潸然泪下。我太喜欢热闹的感觉了，这是新生的力量。最近爱上坐公交车，不仅仅是为了感受劫后余生的热闹，更是为了感受这份新生的喜悦。我深深地为生在这个伟大的国度而自豪，感恩感动世界的中国速度。

由于也是青年志愿者的缘故，由于身边也有很多和我一样的抗“疫”志愿者，我非常喜欢这本《2020中国战“疫”日记》，对书中的很多事情，我都感同身受。有幸在轰轰烈烈的抗“疫”战争中做了一点点小事情，我觉得很骄傲。我梦想着有一天也出一本自己书写的战“疫”日记，记录一下自己的热血青春。

书的扉页写着习近平总书记铿锵有力的话语：中华民族历史上经历过很多磨难，但从来没有被压垮过，而是愈挫愈勇，不断在磨难中成长，从磨难中奋起。感恩感动世界的中国领袖。

这场史无前例的抗“疫”人民战争，习近平总书记亲自指挥，亲自部署，党中央果断决策、统一协调，全国人民众志成城、守望相助，感恩疫情之初党中央就做出正确的判断，感恩感动世界的中国智慧和中国力量。

刚刚我很严肃地在思考，什么样的人才值得我终身推崇，什么样的灵魂才配得上我无上的敬畏。这本书告诉我，79 岁的黄锡璆博士、84 岁的钟南山院士、72 岁的李兰娟院士，他们让我明白，是与国比肩而立真真切切为国家做出贡献的人。感恩感动世界的中国脊梁。

书中有一张照片，是一对夫妻流着眼泪的相望，里面这样写道："此时此刻，我们不能拒绝突如其来的灾难、疾病、死亡、别离、刻骨的思念、疲惫至极、心力交瘁、自我怀疑……世间总有种种苦难，但是，也还有爱情。"谢谢你们，让我看到了爱情最美的模样，并让大家感受到了疫情冰封下的浓浓暖意和即将到来的暖暖春意，感恩感动世界的中国爱情。

最喜欢书中的那句话"这些，不仅仅是数字，而是为打赢'武汉保卫战'注入不竭动力的生命线。"是啊，作为志愿者从疫情中一路走来，每一件泪流成河的人和事都让我记忆犹新：乳腺癌后没有工作却坚持捐款的阿姨；帽子同学从日本寄来 1000 个口罩和一万多元人民币；Samc 大叔从澳洲寄来的 5000 个口罩；亲爱的格格从瑞士寄来的手套、八宝粥、方便面、口罩等；在运输出现问题及时为我们排忧解难的空姐丽娜。他们都在海外，也都在和千千万万个同胞们一起，关爱着我们伟大的祖国，尤其是格格大美妞，把瑞士可以买的物资买完以后，又自己坐着火车跑去德国买。还有我身边的好朋友们，张敏女士第一时间为抗疫一线的医生提供笔记本电脑资源；我小区楼上的大姐帮我及时提供蔬菜信息；郭涛女士为我和石象的白菜铺路搭桥；王冠雨帮我往武汉中心医院寄生活用品；武汉抗疫志愿者朱哥在武汉服务区接替我们把物资安安全全地送到指定地点；杨珏先生和冒冒女士为我的泡面提供强有力的金钱支持；感恩一双双饱含希望的手与一颗颗炽热的红心，扶持着我一路向前。我们相信一个民族在灾难中失去的，必将在民族的进步中得到补偿！我们只是做了我们该做的事情，这是每一个中国人该有的样子。感恩感动世界的中国志愿精神、中国真善美和大爱无疆。

如今，随着幼儿园小朋友的复课，我们的生活日趋正常化。再度回归平常日子，方知健康、自由、平安就是最大的幸福！所以，珍惜，再珍惜！感恩感动世界的中国能力。

最难忘记书中 1997 年出生的小护士说"我不想哭，哭花了护目镜没法工作。”这个可爱的小护士代表的其实是一类人，他们就是我们最可爱的中国青年。作为“逆行者”，我相信他们不是不怕，只是心中有更重要的选择罢了。感恩感动世界的中国青年。

这是中国的年轻人，这是中国的未来。

我也是中国的年轻人，我也是中国的未来。

（作者单位：国网许昌供电公司）

# 品读《牧羊少年奇幻之旅》

侯雅晓

每个孩子小时候，都会被问到同一个问题：你长大之后想干什么啊？有的会说，我要当科学家，探索新宇宙；有的会说，我要当警察，见坏人就抓；有的会说，我要当医生，治好天下病……大家的梦想千奇百态、各有不同，但都对自己的未来充满了向往与追求，他们心里都有一块属于自己的小天地，那里美好、宁静，如仙境一般令人流连忘返、不忍离去。但拿现实的眼光来看，外人对这些梦想的评价却有高有低、褒贬不一。

有时候，我也会想，到底梦想是什么？到底什么样的梦想才是高尚的、完美的？直到读完保罗·柯艾略的《牧羊少年奇幻之旅》，我才对梦想的真谛有了新的感悟和理解。

本书的主人公是西班牙地区的一个小男孩，他的名字叫圣地亚哥，原本他的父亲想让他进入神学院当一名神甫。但是从孩提时代起，圣地亚哥就梦想着云游四方、了解世界，他的父亲告诉他："在我们这里，只有牧羊人才可以四处游走。"他说："那我就去当牧羊人好了。"于是，这个年少时也曾有过梦想的父亲便二话不说，拿出全部身家资助小男孩去实现自己的梦想。

读到这里，我不禁对这对父子充满敬重和钦佩，小男孩坚守最本真的自我，聆听内心深处的声音，他敢于有梦、勇于追梦、英勇无畏，不受外界浮华世界的干扰；他的父亲包容、善良、有担当，对待孩子那算不上崇高的梦想也一样地支持、鼓励，不用有色眼光去引导孩子按照自己的思想走完人生。这正是当下我们这个应试环境教育所缺少的。

我想，如果小时候我告诉老妈，长大后，我要当一个牧羊人云游四方，她老人家一定会抄起鸡毛掸子抽我。所以说，圣地亚哥是幸运的，他有理解他的父母，有奔向梦想的勇气，有不在乎世俗的魄力。

后来在做牧羊人的时候，他晚上总会重复做着同一个梦，于是困惑不已、心生疑虑，便去寻找解梦人，在吉卜赛老妇人和撒冷之王的指点下，他们都告诉他："你的梦告诉我们，你应该穿越沙漠，去往埃及金字塔的方向，在那里你将会得到一大批财富。"

从此，他踏上了寻宝的旅程。这一路上，他遇到了水晶店老板、英国人、炼金术以及美丽的少女法蒂玛士，在这个过程中，他丧失过希望、丢失过金钱、沉溺过爱情，但每当他想放弃的时候，总会想起撒冷之王曾说的话："在这个星球上，存在一个伟大的真理，不论你是谁，不论你做什么，当你渴望得到某种东西时，整个宇宙会合力助你实现愿望。"

历经两年的时间，他终于克服了种种磨难和压力，来到金字塔的脚下，正在他努力挖寻宝藏之时，他遇到了一群为抢劫金钱对他进行拳打脚踢的难民，为了让难民们对他手下留情，他讲述了自己寻宝的故事。谁知，难民首领听完他的故事后嗤之以鼻，并告诉他说："你要明白人不能太蠢，差不多两年前，我也重复做过同一个梦，梦见自己应该到西班牙的田野上，寻找一个残破的教堂，有一个牧羊人经常在那里过夜，那里有一个无花果树，如果我在树下挖掘一定能找到一笔宝藏，但是我可没那么蠢，不会因为重复做同一个梦就去穿越一大片沙漠。"听完之后，圣地亚哥微笑地看向金字塔，心中幸福无比，他终于找到了财宝，牧羊少年的寻梦之旅也画上了完美的句号。

然而，我觉得在寻找宝藏的过程中，结果并不重要，这一路上的所见所遇才是圣地亚哥所获得的最宝贵的财富。他的寻宝之旅，每时每刻都在实现梦想，每一天都充满了光明与期望，充满了无限的可能。寻宝之路使他发现了过去做梦都想不到的东西，他认识了新的天地，见证了不一样的风景。

我想即使圣地亚哥永远也到不了金字塔，他也是幸福和快乐的，因为他比任何一个他认识的牧羊人都要走得远、站得高，他领略了别样的人生。他明白了，快乐与财富无关，幸福与物质无关，万物皆为一物，只要相信自己，梦想终将实现。

（作者单位：国网许昌供电公司）

# 《红岩》读后感

楚姗姗

我很早就知道在重庆的歌乐山上有一个被烈士鲜血染红的地方——红岩，那是从《红岩》里知道的。当我怀着崇敬的心情第一次读完散发着墨香的《红岩》时，心绪早就飞到了这个神圣的地方。从小到大，我已经记不得心灵多少次被震撼，多少次在梦里踏上这个神圣的地方。

《红岩》真实地再现了革命者为了推翻国民党反动派的黑暗统治，解救生活在水深火热中的中国人民，建立新中国，同国民党军警、特务、叛徒不屈不挠地斗争。尤其突出了共产党员的英勇气概、对革命必胜的信念。《红岩》塑造了许多家喻户晓、令人钦佩的英雄形象：英勇斗敌，舍己为人的许云峰；受尽酷刑，坚贞不屈的江姐；天真可爱，但面对敌人却同成年人一样勇敢的小烈士——“小萝卜头”……书中的许多情节也令人难忘：许云峰以超人的意志，在敌人魔掌中两次战胜死神，在与世隔绝的魔窟中用双手艰难地挖出一条越狱的通道，留给战友，自己却壮烈牺牲。在他将要被特务匪徒密裁的时候，书中有这样的描写：“死亡，对于一个革命者，是多么无用的威胁。他神色自若地移动脚步，拖着锈蚀的铁镣，不再回顾站立两旁的特务，向敞开的地窖铁门走去。他站在高高的石阶上，忽然回过头来，面对跟随在后的特务匪徒，命令道：‘走！前面带路。’”面对着步步逼近的鬼门关，许云峰没有表现出丝毫的害怕，反而革命信念更加坚定。江姐看到丈夫彭松涛的头颅挂在城楼上示众时，表现出了不可思议的勇敢，她把刻骨之痛深深埋在心底，把满腔悲愤化为革命的动力。她说：“毒刑拷打是太小的考验！竹签子是竹做的，共产党人的意志是钢铁！”特务们为了从这位重要的共产党员口中套出有关地下党的重要机密，把又粗又长的竹签钉入她的指甲缝间，面对着这样钻心刺骨的疼痛，江姐没有丝毫的动摇，特务们的严刑逼供一次又一次地失败了。成岗在狱中受尽各种严刑拷打，催眠术，测谎器，美国新药诚实注射剂……

然而敌人的种种花招依然无法动摇他坚定的革命信念，他居然还在敌人审讯室大声朗诵“我的自白书”，令敌人惊慌失措。还有很多很多的普通老百姓，他们同样有着钢铁般的意志。胡浩，一个普通的不能再普通的学生，他正如同一朵正含苞待放的鲜花，却被关进了监狱长达十余年。

试想一下，在那潮湿腐臭的渣滓洞，烈士们在严重缺水的情况下咽着发馊味的残羹冷炙，拖着伤痕累累的身体，强忍着旧脓新疮袭来的阵阵裂痛，他们甚至不知道自己能不能看到革命胜利的那一天……然而，他们却相信，革命终会胜利，正是这种信念支撑着他们，让他们以常人无法想象的毅力顽强地与反动派抗战到底！通过《红岩》这本书，我看到了这场在特殊背景下、特定环境中，革命者进行斗争的艰巨性和复杂性；也看到了垂死挣扎的敌人的极端凶狠残暴与外强中干；更看到了革命者在黎明前的最后斗争中表现的浩然正气、坚定的信念和视死如归的精神。所有这一切展现在眼前，激动、崇敬、悲愤、感叹……每一个读过《红岩》的中国人都必定会生出这样的情感，而红岩英烈们坚贞不屈的精神，也激励了一代又一代的中国人。

《红岩》带给我的震撼远不止这些。革命先烈们的牺牲精神，更是让我潸然泪下。那些逝去的共产党员们，为了革命的胜利，为了人民幸福安康，为了中国的美好未来，付出了很多很多。他们有的失去了亲人，有的身体备受摧残，有的甚至断送了生命。可他们无怨无悔，前赴后继地为党、为人民做出了惊天动地的牺牲。《红岩》里的一首诗让我感动不已：“我们是天生的叛逆者，我们要把这颠倒的乾坤扭转！我们要把这不合理的一切打翻！今天，我们坐牢了，坐牢又有什么稀罕？为了免除下一代的苦难，我们愿——愿把这牢底坐穿！”无数个大义凛然的共产党员，用生命和鲜血铸就了革命的胜利，但他们却无法品尝到这辉煌的果实。生活在幸福生活中的我们永远不应该忘记他们，正是有他们的牺牲，才有中华人民共和国今天的繁荣昌盛和国泰民安！都说五星红旗是被共产党员的鲜血染红的，读了《红岩》，才更深刻地领悟到这句话的含义。作为一名和平时期的共产党员，生在新中国，长在这被烈士鲜血染红的五星红旗下，如果还为了个人的一点儿蝇头微利而斤斤计较，如果不继承先烈们的遗志，为国家，为人民贡献一份自己的绵薄之力，怎能对得起共产党员的称号？怎能对得起先烈们用鲜血换来的和平和安宁？

红岩英烈们身上体现出来的爱国精神，同样让人为之动容。爱国不是革命战争年代特有的精神力量，它存在于每一个历史时期，存在于每一个中华儿女的血液里。从范仲淹的“先天下之忧而忧，后天下之乐而乐”，到文天祥的“人生自古谁无死，留取丹心照汗青”，从林则徐的“苟利国家生死以，岂因祸福避趋之”到鲁迅的“寄意寒星荃不察，我以我血荐轩辕”……爱国也不是一句空话，需要我们的实际行动。在这和平的年代里，虽然我们已经无需再像《红岩》中的革命先烈那样为祖国的革命事业而抛头颅，洒热血，献出自己宝贵的生命，但新的时代却给予了“爱国主义”新的内涵。当我们为北京成功举办奥运会而鼓掌，当我们为神六的飞天而喝彩，当我们为祖国在全球金融危机里有举足轻重的地位而自豪……“爱国”两个字已经深深地烙在了我们的心底。作为一个中国人无论何时何地，我们都心系中华。而把爱国精神化作实际行动，更是爱国精神最直接的体现。祖国的繁荣富强与我们每一个中华儿女息息相关。作为一个普通的劳动者，在平凡的岗位上做好自己的工作，为了中国的崛起而奋斗，这就是以实际行动向先烈们致敬，这就是以实际行动来爱我们伟大的祖国。

“晨星闪闪，迎接黎明。林间，群鸟争鸣，天将破晓。东方的地平线上，渐渐透出一派红光，闪烁在碧绿的嘉陵江上。湛蓝的天空，万里无云，绚丽的朝霞，放射出万道光芒。”这是解放战争胜利后第一个黎明的描写。这一片生机勃勃的景象是无数革命先烈用鲜血换来的。正是无数共产主义战士的前仆后继，才有了我们今天的幸福生活。但是，幸福的日子，容易使人忘记了什么叫英勇、什么叫坚贞；安逸的生活，容易使人麻痹了精神。一部厚厚的《红岩》告诉我们，那段血与火的历史永远不该被遗忘。革命者们坚贞不屈，勇于牺牲的精神和崇高的爱国主义情怀，在新时代依然是激励我们奋进的精神力量。先烈们播下了红岩精神的星星之火，而我们的责任是接过这火种，让它发出耀眼的光芒，并把这燃烧的火炬传下去，永远地传下去。伟大的英烈们长眠于青山翠柏之间，而“红岩”的精神将会永垂不朽！

（作者单位：开封光利高科实业有限责任公司）

# 《芳华》读后感

聂传霞

世上有朵美丽的花，那是青春吐芳华，随着小说最后一章的结尾，我的心迟迟不能宁静。小说记录了“平凡中的伟大”、同时也有对“弱者中的英雄”的感动。有对完美崇高的诠解，唯独没有对青春的自欺欺人似的赞美和追忆。几个人的经历，一代人的过往，构述越战前后那一支理想主义的文工团的故事。

最灿烂的是青春，最灰暗的是战争，两者碰撞出的故事，唤起了那个年代那一辈人共有的记忆——美好却现实。

一代风华正茂的爱国青年，在无情的捕风捉影，先入为主的阶级斗争天天讲月月讲年年讲，阶级斗争一抓就灵的狂风暴雨中，如怒放的鲜花与含苞欲放的蓓蕾，转眼就枯萎了、凋谢了。故事集中在部队文工团一群朝气蓬勃的年轻演员身上，特写了其中刘锋和何小萍的许多画面，而且隐隐若若地强调了他们两人的政治背景与家庭变故，心灵受到的创伤。前后对比、正反对比与生存环境的渲染，简洁明快，以简驭繁，可谓干净利落，大起大落的手笔，格外潇洒痛快。

小说的男主角是个活雷锋，几乎集中了那个年代纯真年轻人的所有优点。明明想上大学却让给别人；努力攒钱为没钱结婚的战友做了一对新沙发；文工团的脏活累活也全都是找他。无私谦让，勤俭节约，却奉献他人。本是芳华人生，却因爱情的冲动，被人强告一状，以至于被组织批评流放。而那些曾经接受过他帮助的人，为了划清界限免受牵连，都装作与他不相识。就连最后的送别，也只有何小萍一人前来，欲言又止的画面，看得我心酸，却让我看到了两个人的惺惺相惜。刘峰的形象似乎是太单薄了，一个完完全全的好人，可能就是这么无趣，所以很少女人爱上他，只有一个缺乏关爱的小曼，才会珍惜这种好。处处能感受到对那个时代集体中种种现象的讽刺，那种被裹挟，被压抑的人性的小恶，化成的大虚伪，反而对真正的善不以为然。每个人的结局都那么无奈，可能这是生活的真相吧，可是宁愿不知道，如王安石的一首诗所说："知世如梦无所求，无所求心普定寂，还似梦中随梦境，成就河沙梦功德。"即使是梦，也要好好做，即使是戏，也要好好去演。

作者借芳华之"美"，写人性之"恶"——真心实意不如门当户对，战友之情比不上加官晋爵，善良的人没有好报，不被疼爱的人只能自行疗伤。而掩卷沉思时却又发现，善良的人，因为他们没有得到善待，才让我们知道这善良是多么宝贵。而最令人难过的是，好人以卵击石，并不为唤起良知，这不过是他们的本能——世界以痛吻我，我报之以歌。于是联想到罗曼·罗兰的名言："通过光明得到爱。""一个完全以自我为中心的世界，有如一颗坠落的红星，连一分热也不会留下来。"

"这个故事是虚构的，但细节全是真实的，哪里是排练厅、哪里是练功房，我脑子马上能还原当时的生态环境，这是非常自然的写作。"严歌苓说，当打捞出陈酿已久的记忆时，更有写作冲动和快意，毕竟很多故事一定要有时间的考验，要有一种距离。她觉得关于中国的故事，当在海外反复咀嚼、反复回顾后，比亲临事件后就立即动笔写，会处理得更厚重、扎实。这也是她屡试不爽的经验。

但无论如何，出自真正的写者严歌苓之手的《芳华》仍是一部较不错的小说，通过跨越四十年的时间和天南海北的空间的叙述，展现出了一代从军服中走出来的少男少女曾经恣意绽放的华年，与对生命最无悔的告白和期待，以及在人生流转中，期待的幻灭、尘世的牵扯、回首的歌哭与最终的洒脱和释怀。在这一切的纠结中呈现出谦卑平凡的生命背后的意义。

记忆里的磕磕碰碰、爱恨情仇，最后都化作经年之后再相逢的释怀。那些翻腾着不甘的年月，那些倔强任性的青春，都化作那株冬青，杵在每个人的回忆里，扎眼的绿。也许正如书中说的那样"从来不需要想起，永远也不会忘记。"

命运相逢，一场芳华。

纠葛不休，便是人间。

（作者单位：国网杞县供电公司）

# 《你只是看起来很努力》读书心得

魏　红

“行动这件事，从来不需要等到什么好天气好状态，此时此刻就是永远，此时此刻就是一切。”在年初我就确定了一年的计划：早起，吃早餐，读书，写字帖，学英语背单词，健身，做一些之前都没有坚持下来的事。《你只是看起来很努力》这本书是我前几天想要完成读书计划时，搜索推荐书单时发现的，当时就被书名给吸引了，大概是因为有感同身受的认同感吧！

健身的计划是在年初就被我提上日程的，毕竟疫情期间保持良好的身体状况是很必需的。选择报班、组团或者独自运动，这对我来说是个难题。因为疫情的原因没有专门的健身班可以报，于是我上网搜索了一些健身课程，去研究是跑步还是跳绳，什么时候运动，需要什么装备，去哪买，买什么价位的，什么APP能记录锻炼过程，哪个健身达人的健身视频更适合我……就这样一个月过去了，我还是没决定好什么时候开始，还在想着以最好的装备在最恰当的时间去做最适合的运动。这样看上去我似乎真的很努力，为了锻炼健身，我费不少心思，甚至给自己的微信头像改为“不瘦五斤不改头像”，我都快被自己感动了。可是很遗憾，尽管我花了很多的时间收集整理，也付出了很多精力，一个月过去了，一切似乎都还在原点。

于是我开始反思了，为什么废了那么多心思，身材还是老样子，减脂增肌也毫无进展？因为我的努力其实只是一种感动自己的表演，只能算是“形式感”的努力，除了想着健身、搜集各种资料外，我是真的没有做任何对自己身体有益的实质性举动。

“看起来每天熬夜，却只是拿着手机点了无数个赞；看起来在图书馆坐了一天，却真的只是坐了一天；看起来买了很多书，只不过是为了晒个朋友圈；看起来每天很晚离开办公室，上班时间却在偷懒；看起来去了健身房，却只是在和帅哥美女搭讪。那些所谓的努力时光，是真的头脑风暴了，还是只是看起来很努力而已?”这段话让我印象深刻，因为在这段话里看到了我的身影，就健身这件事而言，我也只是看起来很努力而已!

想想我自己，已经是而立之年，可无论是工作还是生活似乎都没什么起色。年轻的时候错失了该有的轻狂，而快进入中年的时候，发现自己还在轻狂的路上徘徊，我突然害怕了，我害怕别人说你好闲，害怕自己跟别人的差距，害怕财务无法自由。我开始焦虑了，于是就进入了“形式感”的努力当中，制订各种计划，看似忙碌，实则焦虑。我想像我这样的也不会只有我一个人!

有人升职了，会被人说他走后门；有人开公司了，会被人说他是富二代；有人交了一个漂亮的女朋友，会被说是他走了狗屎运。我们似乎总有各种理由去标榜别人的成功，却忘了别人实实在在的努力。我们看到的都是光鲜，却未想过还有我们看不到的“苟且”，这世界上没有毫无理由的横空出世，所谓的运气好，不过是因为他们时刻努力准备着而已。

在生活和工作中，总有人是抱怨公司福利不好，批判同事工作的漏洞，责备朋友家人的不理解。在他们眼中，总是只能看到别人的缺点和不堪，却从来没有想要去努力改变：帮助搭档弥补工作的漏洞；调整好自己的心态换位思考看待家人和朋友；用自己的努力向公司争取自己应有的福利，放弃无效抱怨、无用批判和发神经的不理解，提升正能量。

看完这本书，回过头看看自己的那些所谓的“努力”，才发现都是假象，都只是看起来很努力。一本书买了不看，不过是印着字的纸；单词书买了不背，充其量是字母的排列组合；下载的健身视频不做，也只是一堆无用影像而已，我们总是在形式感的道路上越走越远，却忘了最重要的其实是花时间去消化。

没有目的的旅行只能是漫游，没有目标的学习只是看起来很努力!此时此刻就是永远，此时此刻就是一切，此时此刻我要行动起来了，那么你呢?

（作者单位：国网固始县供电公司）

# 读《解忧杂货店》有感

姚思琦

一直很喜欢东野圭吾的作品，最近拜读了他的《解忧杂货店》，感触很深，于是写了这篇读书笔记。个人觉得文章写作手法很新颖，刚开始看感觉像是在看一本悬疑小说，故事情节丝丝入扣，读到最后才真相大白。

在小镇一条略显偏僻的街上有个特别的杂货店，只要写下烦恼投进卷帘门的投信口中，第二天就会在点好的牛奶箱里得到答案。店主老爷爷浪矢喜欢用通信的方式帮助有需要的人解决大大小小的烦恼。文章由一个个温馨的小故事构成，而这些故事里的人物冥冥之中都有微妙的联系。从纠结于是否放弃运动会而陪伴即将过世男朋友的月兔，到不知道是否放弃音乐而继承鱼店的鱼店音乐人；从纠结于是否生下没有父亲的孩子的绿河，到是否跟父母一起连夜潜逃的保罗，或者是纠结于是否当陪酒女想经济独立的小狗，这些人看似没有关联，却都与丸光孤儿院有密切的联系。所以在浪矢爷爷时代，浪矢杂货店人气还不错。不过鲜有人知的是，这家杂货店其实连通着过去与未来，只要关上杂货店的后门，店里的时间就会行走缓慢而不受店外时光飞逝的影响。也因如此，书一开头那三个落魄的青年在误闯误入到这家有神奇功能却早已无人居的浪矢杂货店时才会收到来自三十二年前的求助信，他们歪打正着地帮助了写信求助的人们，也收到了向他们表达谢意的来信。小说的最后，这三个差点误入歧途的年轻人终于发现了各自人生的意义，迷途知返。很神奇的是小说的魅力远不止于此。

选择确实能改变一个人的人生，但是即使做了错误的选择又将如何呢？只要在未来的日子里自己能够努力去生活努力去活成自己想要的样子就可以了。没有必要为了当时的选择而耿耿于怀，否则错过的就是身边的精彩。一切的生活都源于自己的努力，能改变自己的也只能是自己。所以在往来的信件中，会有人选择听取浪矢店的建议，勤恳去做，最终获得成功或安慰；也会有人采用与浪矢店建议截然相反的办法，寻找到幸福或人生意义的所在。但不管是否听取了浪矢店的建议，咨询后的他们大都内心笃定，坚定地朝着自己的方向前进。也因此，他们手中的地图越来越清晰，找寻的意义也越来越显而易见。所以有没有听从建议没关系，是不是歪打正着也不重要，只要方向符合本意，做到过程让自己从容无悔，结果令人问心无愧，就是很好的经历。

小说另外一个吸引人的地方是书中无处不在的羁绊：有恋人之间相互扶持的爱的羁绊，有对父母家人亲情的羁绊，有感念恩情的羁绊，有梦想的羁绊，有道义的羁绊……这种种羁绊拉扯着书中的各色人物，使他们在某个节点内心产生困惑，甚至带给他们无法言说的痛苦，更不能轻易做出选择；但也正是因为这些羁绊，在经历痛苦的选择之后，他们的内心会越发坚定，步履也越发从容。至于那些试图斩断羁绊独自奔跑的人，哦，不过是要多经历一些曲折，最后还是会回到这些羁绊中去。

说白了，羁绊其实就是爱、责任、道义、梦想等所有让我们成为我们的东西，它虽然看不见摸不着，却无时无刻地发挥着作用——把我们与周围的世界紧密地联系在一起。我们的情绪会受它的影响，情感会跟着它变动；它带给我们许多快乐或者不快乐的体验，也留下许多难以忘怀的记忆；甚至我们努力拼搏，想要变得更好，也是因为它的缘故——羁绊是力量最稳固的源泉，在任何时候，都会是我们最坚强的后盾。

所以仍要感谢那些羁绊让我们成为今天的我们。也要守护那些羁绊以守护明天的自己。此处引用书中的一句话作为结语——“我衷心祈祷你可以相信自己，无悔地燃烧自己的人生”。

（作者单位：国网固始县供电公司）

# 为了春天的重逢

## ——读《红岩》有感

胡 杨

当武汉长江二桥上的灯光，在 4 月 8 日 0 点准时显示出“武汉重启，不负春天”字样时，武汉迎来了崭新的一天。全国新冠肺炎疫情防控主战场——武汉市解除离汉离鄂通道管控，有序恢复对外交通。

那一刻，有一段文字瞬间跃然脑海：“晨星闪闪，迎接黎明。林间，群鸟争鸣，天将破晓。东方的地平线上，渐渐透出一派红光，闪烁在碧绿的嘉陵江上。湛蓝的天空，万里无云，绚丽的朝霞，放射出万道光芒。”这是《红岩》全书最后一页的最后四行文字，这是解放战争胜利后的第一个黎明。在我心中，也许没有哪段文字能比这一段，更能贴切地形容勇敢的武汉人民逆境坚守，英雄的武汉城市浴火重生。如果非要挑剔些什么，那便是把“嘉陵江”换成“长江”了。

之所以对《红岩》有着这么深刻的印象，是因为我的这本《红岩》是去年在山城重庆接受红色教育时，购置于书中故事的发生地——渣滓洞。《红岩》的封面是夕阳下空旷的悬崖，耸立着一棵挺拔的松树，红是革命的颜色，岩石是坚硬的物质，我想那是在传递革命烈士不畏艰险、敢于斗争的精神。它讲述了 1948—1949 年全国解放前夕，重庆“中美合作所”白公馆、渣滓洞集中营里，身陷囹圄的共产党人，与穷途末路的敌人展开殊死搏斗的故事。

在《红岩》中，我们看到了众多的革命英雄，许云峰、江雪琴、华子良、刘思扬……他们的团结奋斗、舍己为人让我潸然泪下；他们的临危不惧、英勇斗敌让我佩服不已；他们的奋勇突围、永不放弃让我心潮澎湃。然而，所有的英雄人物之中，最令我感动的是江姐。当知道丈夫牺牲了，她没有在残酷的现实前变得软弱，而是擦干泪水，重新站起来，因为她知道共产党托付给她的任务还没有完成，要舍小家为大家。当竹签钉进她的手指，热血顺着指尖流下，十指连心，江姐却把这种刻骨铭心的痛，化作更加坚定的信念，深深地埋进心底。她说："毒刑拷打是太小的考验，竹签子是竹子做的，共产党员的意志是钢铁！"最终，为了不暴露越狱的计划，江姐毅然决然地走向刑场，谱写了一曲嘹亮的生命之歌！

浩浩长江水，巍巍黄鹤楼。2020年初，一场新冠肺炎疫情突袭荆楚大地。疫情暴发后，全国340多支医疗队、4.2万余名白衣战士冲锋在前，人民警察、社区工作者、医院建设者、国家电网人、还有无数普普通通的人在岗位默默坚守，他们无一不在诠释着红岩精神。不管是108岁的老人，还是出生仅仅30个小时的婴儿，医务工作者绝不放弃每一个生命，哪怕只有万分之一的希望，也会倾尽百分之百的努力。为了抢救生命，医务人员冒着被感染的风险采集病毒样本。身患渐冻症的金银潭医院院长张定宇，在每天重度高压的工作状态下，累得迈不开腿；29岁的住院医师夏思思接到任务后，便返回医院参与救治，从此再没回来，留下年仅2岁的孩子；29岁的医生彭银华，推迟了原定正月初八的婚礼，奔赴抗疫一线，不幸的是，那张早已准备好的请柬没有发出，新娘腹中的孩子，也没能见上父亲一面……

没有生而英勇，只因选择无畏，他们勇敢逆行，不惧病毒，就像《红岩》里许云峰将要被特务秘密裁决时的内心独白："死亡，对于一个革命者，是多么无用的威胁。"那一封封按着鲜红手印的请战书，那一道道因长时间佩戴口罩勒出的深痕，那一个个彻夜不眠照顾病患的身影，正是对红岩精神的完美继承。

如今，经过艰苦卓绝的努力，武汉保卫战、湖北保卫战取得决定性成果，疫情防控阻击战取得重大战略成果。我们永远不能忘记江姐、小萝卜头，更要永远铭记这些平凡而伟大的名字：刘智明、江学庆、李文亮、柳帆……为了我们在春天的重逢，他们以生命践行使命，用大爱佑护苍生。他们是新时代最可爱的人，是我们民族的脊梁！

（作者单位：国网光山县供电公司）

# 《82年生的金智英》读后感

吴　杰

翻看这本书是因为听说这本书翻拍成电影在韩国掀起了轩然大波，竟然有韩国男人到青瓦台请愿要求阻止电影拍摄。抱着好奇的心情阅读了此书，一口气读完了整本书，全书几乎没有什么欢乐的地方，没有什么狗血的情节，只不过是日常繁琐小事。一直以来，父权文化折射范围内，传统男尊女卑思想以另一种形式留存下来。作为女性，从小被教育要懂事，要有规矩，要保守，要忍让，为了家庭要妥协，要改变。工作中可能遇到性别歧视，好多工作因为是女性或者在婚姻状态了还没生育，用人单位不愿选用。婚姻中、育儿中要为家庭放弃自己喜欢做的事情，远离自己的朋友圈，为家庭琐事操劳，也可能是“丧偶式育儿”，然而这些都被视为理所应当。好多次女主人公都想表达自己内心深处的最真实想法，但迫于现实的压力，没办法说出自己的真正想法，她无法为自己辩解，只能借别人来为自己发声，最后把自己逼出了抑郁症。



感同身受的是女人生育后所做的各种牺牲，金智英在跟先生讨论该不该有小孩时起的争执，担心自己即将逝去青春、健康、职场、朋友、人生规划、未来梦想等种种，到怀孕不得不放弃一切、为了孩子把自己关入家庭，以及成为新手妈妈后遭遇的各种不公平对待，不免为她那段内心挣扎与煎熬感到心酸。虽然很庆幸自己生活在中国，工作与育儿同时兼顾，但是内心的挣扎和煎熬是一样的，孩子出生，成为一个新手妈妈，多了一个小人，大部分的时间都会围绕着孩子转，很少有自己的时间和生活。做任何决定，都会考虑孩子，并且只允许做“为了孩子”的事情，把时间、金钱、体力、情感都花在孩子身上，人际关系也变成了以孩子为中心。要是展现出本来的自己，也就是“不像个母亲的样子”，还会遭人质疑似乎不具备做母亲的资格。这时你会觉得仿佛失去了自己的生活、工作、梦想、人生，甚至是自我本身。很多时候，放弃事业生儿育女，回归家庭，社会和家庭就会接受你仅仅是一个母亲的角色，都忘记了女人所做的牺牲，你所有的付出都是理所当然，而且这些付出，没有办法用金钱来衡量，金钱是看得见的，而所有琐碎的家务在一些人的眼中，都是微不足道，不值得一提的，而且是看不见的。书中老医生对金智英说："现在洗衣服有洗衣机，还有吸尘器不是吗？现在的女人到底有什么好辛苦的？"于是金智英心想：以前还要一份一份翻找患者病历、手写记录和开药方，现在的医生到底有什么好辛苦的？以前还要拿着纸质报告书去找主任签字，现在的上班族到底有什么好辛苦的……却没有人会这样说。无论哪个领域，技术都日新月异，尽量减少人工劳力，而唯有"家务"得不到大家认同。这个时代锁在女人身上的枷锁太多，既要你生儿育女，温柔体贴，又要让你充分自立，经济独立。你是女性，你是母亲，你是伟大的，但你不是万能的。回归本我的时候，你更是自己啊，你可能也有梦想，有自己想做的事，有想去的地方，不要一味忍让，你也有表达你自己的权利，不要让别人觉得你的付出牺牲是理所当然，你的每一次付出，都是搞丢你自己换来的。

金智英不是一个特例，而是80后很多女人的影子，不仅在韩国，在中国亦然。我有女儿，衷心希望她成年时，可以面对一个比我过去成长的任何环境更包容的社会，可以有机会去承担更大的社会责任。如书中封面所说得那句话"由衷期盼世上每一个女儿，都可以怀抱更远大，更无限的梦想"。

（作者单位：国网商城供电公司）

# 吾心安处是故乡

谢春香

林语堂先生曾经在一本书中写道："在人的一生，有些细微之事，本身毫无意义可言，却具有极大的重要性。事过境迁之后，回顾其因果关系，却发现其影响之大，殊可惊人。"

我们在无尽的寻觅中，希望到达一个未知的旅程，尽管前途渺茫，我们依然奋力拼搏，为的就是无愧于心中的信仰。曾经有很多次徘徊在失望与放弃的边缘，但是总有一种力量，激励我们继续前往。我不知道，未来会是什么样，但是，我希望，当有一天，我渐渐老去，回首过往，我从未为那些耀眼的过去而沮丧。绿袖说，生命本就是一片荒芜，我几乎相信了她的话，她是如此聪慧的女人，总结人生总是带有一丝颓废而又骄傲的倔强，现在的她，在一个灯红酒绿、充满诱惑与欲望的城市，与深爱的人，幸福地生活，我想，她再也不会说生命是荒芜的了。

每每我们在思索生命的时候，总是现实当下的生存状态，即使有希望，有憧憬，也不会完美地呈现出来，我们惧怕，每一个希望和憧憬背后无边的绝望。但即使我们平凡，我们普通，我们依然可以心里装着山河湖海，眼里藏着浩瀚星辰。一如我满足于现在的生活状态，安闲而舒适，不用为生计奔波，不用为勾心斗角耗费心力，随遇而安，偏安一隅，与爱的人，一屋三餐四季，温暖而安静地活着。谁曾说过，吾心安处即故乡，忙忙碌碌的大多数人，是否找得到让心灵安静宁谧的灵魂家园呢？我庆幸，余生还长，未来可期，而我是这样真实而鲜活地存在着。

惊蛰已过，促春遘时雨，仓庚鸣，物候桃花始。愿未来山河无恙，人间皆安，世间所有美好都能与你我不期而遇。

（作者单位：国网郓城县供电公司）

# 《菜根谭》的智慧

## ——读《菜根谭》有感

张　伟

因在产假期间，每日忙碌于孩子的饮食起居，很少能空闲下来去读书看报，而《菜根谭》却是为数不多能够让我静下心来品味的书籍之一。

莎士比亚曾说："书籍是全世界的营养品，生活里没有书籍，就好像没有阳光；智慧里没有书籍，就好像鸟儿没有翅膀。"古人亦云："书中自有黄金屋，书中自有颜如玉。"可见，智者均对读书情有独钟。其实，对于任何人而言，读书最大的好处在于：它让求知的人从中获知，让无知的人变得有知。读书能够陶冶人的情操，给人知识与智慧。从书中，你往往可以发现自己身上的不足之处，使你不断地改正错误，摆正自己前进的方向。所以，书也是我们的良师益友。

很早以前就听说过《菜根谭》这本书，世人对此书极为推崇，将其誉为修身之书、智慧之书，在假期中利用闲暇之余好好阅读品鉴一番。花香可以用鼻来品味，果香可以用舌头来品味，而书香却需要用一颗智慧的心灵来品味。初看此书，就让我越看越着迷，这些道理在平时常被我们忽略，就如菜根一样，一旦细细品味却有其独特之处。

《菜根谭》是明朝万历年间一位绝意仕途的隐上洪应明收集编著的一本语录体著作。之所以以"菜根为名"，原因众说纷纭，其中大部分人认为这源于宋代学者的一句古语"人能咬得菜根，则百事可做"。全书涉及修养、人生、处世、出世等各方面内容，糅合了儒家的中庸、道家的无为、释家的出世和作者自身的体验，形成了一套为人处世之方传于后人。作者借此书表达了甘于清贫的淡然态度和平凡超脱的生活理想，值得后人景仰和学习。作为一部雅俗共赏的著作，《菜根谭》用最赋予生命的言语，向芸芸众生阐释了人生的真谛和生活的万千智慧，受到了文人学者与市井阶层的广泛欢迎，是一本集中国人生智慧之大成的著作。

“欲做精金美玉的人品，定从烈火中锻来；思立掀天揭地的事功，须向薄冰上履过。”这三十二个字就是《菜根谭》的开场白。指出人的立身之要，就是要能够经受逆境中的考验与历练，才能练就非凡的意志、品质和能力。在当今社会，每一个成功的人走过的路都不是坦途，诸如职场失意、竞争败北、工作失误、进去不顺，等等，都有可能一一经历。其实，任何艰难困苦都只是相对的，如果能够无所畏惧、知难而上，即使是普通人也能在人生道路上有所建树，成就一番事业。“无事常如有事时，提放才可以弥意外之变；有事常如无事时，镇定方可以消局中之危。”作为一种生存智慧，在没有事的时候，应该保持一种准备状态，时刻注意防范可能发生的事情。这样，就不会因为任何意外情况而张皇失措。在有事发生的时候，能够像没事时那么泰然，使种种忧虑平静下来，那么，已经发生的事情也会平安解决。

“欲其中者，波沸寒潭，山林不见其寂；虚其中者，凉生酷暑，朝市不知其喧。”心中浮躁的人能使平静的心湖掀起汹涌波涛，即使住进深山老林也无法平息；而心中虚脱明净的人即使在炎热的夏日里也能得到清爽，在嘈杂的闹市也能心静。无论在哪个时代这都是亘古不变的真理，很多人一味地追求功名利禄整天心浮气躁，惶惶不可终日，若得若失若即若离忐忑不安的，就算是找个人间仙境也无福消受；但是一个人若把名利地位看得很简单，他的人生会很轻松，这也是把物欲看透了的表现，他明白钱财乃身外之物，内心纯洁才是最重要的。陶渊明就是超凡脱俗的隐士的典范，不为五斗米折腰的高尚情怀，不与世俗同流合污的清高昭然可见。在现代社会里，到处充斥着欲望和诱惑，我们的选择多了，却很少能明智选择。正如当我们习惯了吃、喝各种气味浓烈的东西之后，已经完全丧失了欣赏凉水、清茶、淡饭的能力；当我们习惯了宝马香车之后，却浪费了上帝给我们用来脚踏实地走路的双腿；当我们习惯了阿谀奉承之后，却忘了耳朵的功能是用来过滤留不住的风声的；当我们习惯了灯红酒绿的奢华生活之后，却忽略了天空是蓝色的，草儿是绿色的。人生的滋味，真正的口味应是平淡。放下对虚虚实实的利欲追求，在粗茶淡饭中，体会淡泊的美妙，在精神生活中，得到极大的满足，真切地享受人生。

《菜根谭》同时也教会我如何为人处世，“路要让一步，味须减三分——径路窄处，留一步与人行；滋味浓的，减三分让人尝；此是涉世一极安乐法”。大千世界，芸芸众生，人与人之间的关系有时往往仅仅因为一件鸡毛蒜皮的小事而疏远，甚至由好友变仇人，夫妻反目而离，兄弟姐妹互不来往等等。中国人历来讲究养生学，然养生不能仅限于饮食、起居、生理等方面的讲求，更主要的还要讲求心理健康，精神状态乐观积极，心胸坦荡，无忧无虑才是养生的重点。帮助别人就是帮助自己，宽恕别人就是宽恕自己。任何人做任何事都有顺利的时候，也都有不顺利的时候，这就要我们顺境时做到居安思危，逆境时做到精神振奋。任何事都不要做得太过了，既不能得理不让人，更不能蛮横无理，即古人说的中庸。大多数人的喜怒哀乐都与名利、金钱、地位等这些生不带来，死不带去的身外之物有关，因此，淡泊名利，看轻自己，谦让他人才是真正的处世之道。

作为一名公司基层信息运维人员，信息系统及设备的运行维护是每日的工作重点。当前公司信息化水平不断提升，信息系统应用深度与广度也日益提高，各项业务深度融合，对信息系统的依赖程度越来越大，信息运维工作任务越来越艰巨。为确保公司各类应用系统及终端用户能够正常开展工作，就需要在工作之余经常梳理和总结，反省工作中出现的错误和过失，同时认真学习各种专业知识、操作技能，把学习与工作紧密结合，积极解决用户各类应用问题。及早制订每一阶段的工作目标与工作计划，不断巩固自身的专业技能与运维知识，把创新的意识及思路带到工作中来，拓宽处理问题的方法，丰富运维经验，不断提高自身的专业技术水平和综合能力。正如《菜根谭》中“忙处事为，常向闲中先检点，过举自稀；动时念想，预从静里密操持，非心自息”所讲的“闲”中的检点，“静”时的操持给我的启迪。

《菜根谭》中每一条的字数都不多，但却融入了人生最为真切的感悟。在生活节奏高频率的现代生活中，人们奔波忙碌的同时，根本无暇停下来省视内心。终日忙于工作，忙于生活，经常会遇到各种失败、挫折，遇到各种困惑和心结。工作是为了生存，读书是为了进步。人生就是这样，要能够在普通的生活中找寻到快乐的因子，要能够在荣誉面前保持警醒，在挫折面前学会坚持。《菜根谭》中的每一段语录都让我感触颇深，教会了我怎样面对生活，面对工作，面对人生。

（作者单位：国网濮阳供电公司）

# 心有花木　向阳而生

王存华

在这个特殊的春天，我的长篇小说《向阳而生》出版，这是我出版的第十六部作品，也是我的第一部长篇。

我小时候生活在农村，母亲务农，近似文盲。父亲常年在外地工作，只有在农忙时节和过年时才回家。我的父亲爱读书，他把苏轼的“宁可食无肉，不可居无竹”改为“宁可食无肉，不可居无书”作为家训。这样，我们兄妹六个都成了小书迷，而我是其中迷得最厉害的一个。记得小学时，我爱上了童话，父亲就给我订了一份《童话大王》。书读得多了，我心里便有一个念头在滋长，滋长着滋长着，按捺不住了。9 岁那年的一天，我突然对母亲说，长大了我要当作家。母亲当时正在裁剪衣服，她问我：“作家是做什么的？”我兴奋地说：“作家就是坐在家里写字的人，他写的字会变成书，然后就有好多钱寄过来……”母亲听了就拿起尺子在我头上敲了一记，说：“这世上哪儿有这样的好事？别做梦了！”

我当时特别伤心，爬上我家院子里的梧桐树上哭，从中午一直哭到晚上，母亲和哥哥姐姐谁叫我都不肯下来。天黑了，我才从树上爬下来，晚上睡觉时仍然蒙着被子啜泣，谁也不理。第二天，我醒来时，意外地看到了父亲。父亲一脸郑重地对我说：“当作家这个梦想很了不起，只要这是你内心的真实想法，就不要在乎别人说什么，自己一点一滴地努力就好了！”后来我才知道，那天因为我一直哭泣，母亲不得已跑到镇上给远在聊城工作的父亲打电话，父亲没能赶上当天的末班车，只好背着一大包书，从聊城一路步行回到我们那个小村庄。他走了整整一夜，脚上磨出十几个血泡。我至今仍清晰地记着父亲对我说的话，是父亲让我懂得，做人要遵从内心，做自己真正想做的事。

大学毕业后，我在供电企业从事新闻宣传工作。工作很忙，新闻作品和文学作品又是两种创作路径，许多人以为我的作家梦破灭了。但我就是一个相信梦能开出花来的人，相信梦能开出娇艳的花。我觉得，身为电力职工的我，比一些坐在书斋里的作家拥有更丰富的创作素材。“为职工抒写，为电网放歌”，身处火热的工业企业一线，我比一些专业作家更有优势。平时工作很忙，那就挤时间。我每天凌晨4点起床写作，每天写三个小时。正是凭着这种日积月累、水滴石穿的精神，这些年我出版了《笨妈妈和她的淘气包》《女人如水》《有一种爱，很小》《一朵一朵云》等专著16部。在这些作品中，写得最辛苦的还是长篇小说《向阳而生》。而之所以会有这么一部作品问世，则缘于我2013年的一次黄河滩区之行。

濮阳黄河滩区是黄河行洪、滞洪、沉沙的重要区域，这里生产生活条件比较恶劣，是濮阳脱贫攻坚的重中之重。我所在的公司结对帮扶的正是黄河滩区一个贫困村庄。每次跟随扶贫队去村里采访，我都会被深深打动。“文章合为时而著，歌诗合为事而作”。所谓“为时”“为事”，就是要发时代之先声，在时代发展中有所作为。所以，我决定写一篇小说来记录这段不平凡的历史。有了这个想法，我去贫困村的次数就多了起来。渐渐我就发现，在这个村子里，除了少数贫困户、五保户和孤寡老人之外，很多村民家里房子都修得很漂亮，彩电、冰箱、洗衣机等家用电器家家都有，不过，他们财富的积累全部是靠年轻人外出打工赚来的，付出的代价就是让自己心爱的孩子变成了留守儿童。这些孩子吃穿不愁，而精神生活却极为匮乏。孩子们平时除了看电视写作业之外，基本上没有读过课外书。一个人的童年生活里怎么能没有更多的书呢？而最打动我的还是一对小兄妹。那天一大早，他们的奶奶就下地干活了，只留下7岁的小哥哥照顾3岁多的小妹妹。小哥哥说：“我和妹妹一年多没有见到爸爸妈妈了。以前，妈妈每天晚上都给我们讲故事……”小哥哥说着眼圈红了，小妹妹则放声大哭起来，我心里一酸，眼泪差点儿流下来。我将兄妹俩搂在怀里说：“孩子，不哭，今天我来做你们的妈妈。”那天，我给兄妹俩讲故事，讲了一个又一个。返程时，这俩兄妹一直把我送到村口，那眼神里的不舍与期待让我想起了童年时代的自己。是书，让我从小树立了当作家的志向，是书陪我度过一个个漫漫长夜，是书让我的作家梦变成了现实。现在，我们公司在黄河滩区扶贫，我觉得自己也应该尽一份力。

我先是从自己的版税里拿出一部分资金，在黄河滩区学校开展图书漂流活动，并结对帮扶了5名生活困难的留守儿童，我就这样从一个脱贫攻坚的记录者变成了参与者。图书漂流活动开展了一年多，我又萌生出建儿童图书馆的想法，公司领导对此大力支持，面向全体职工发起“每人每天捐出一毛钱，一年捐出36元钱”的倡议，并给这个公益项目取了一个非常温暖人心的名字叫“十分有爱”。在大家的支持下，“十分有爱”童书馆如花一般在黄河滩区绽放，我们的志愿者队伍也迅速扩大，大家利用业余时间到乡村小学开展义务支教、读书分享，结对帮扶困难儿童……虽然辛苦却很幸福。

我最喜欢看孩子们在童书馆读书时热切的眼神，因为那眼神里有一束光，那是一束充满爱与希望的光。而这束光也促使我下定决心好好写这篇小说，因为我一直认为新闻是易碎品，而文学作品却生命长青，我有责任有义务把这些故事记录下来。当然，我内心也怀有期许，期待更多的人能够通过我的作品持久地关注黄河滩区、持久地关爱黄河滩区的孩子们。经过3年的采访与积累，我掌握了大量的素材，小说框架已基本成形，但从哪里着手写呢？当前，我们的国家正举全党全国之力推进脱贫攻坚，这是一个了不起的壮举，我当然要写脱贫攻坚，但我不可能站在全国的高度去描述它，究竟要怎么下笔才好呢？

那段时间我读了很多作品，我发现很多作家一生的创作都在写一个地方，比如乔伊斯笔下的都柏林、莫言笔下的高密东北乡，还有苏童作品中的香椿树街。一座城、一个村子，甚至于一条街，就可以构成一个完整的世界，我为什么不能一直写一个城市呢？我第一部中篇小说《雪玫瑰》写新江城在遭遇冰雪灾害时，电力职工抢修保电的故事，那篇小说荣获首届中国工业文学奖。这篇小说可以继续写新江城，它虽然是我虚构出来的一个城市，但它却又生长在我的记忆里，我熟悉它就像熟悉我的亲人、我的朋友，它是我心灵的故乡，是生我养我的地方，而这些其实就是文学，是艺术。

于是，我豁然开朗，虽然我不可能站在全国的高度去全景式扫描脱贫攻坚，但我只要把我笔下的新江城经营好了，把新江城的人写透了，一滴水就是一片海洋，我的新江城难道不是全国千千万万个脱贫攻坚地区的缩影吗？这篇小说塑造了很多人物，这些人身上有一个共同的特点，那就是眼睛里有光、心里有爱，不管身处何种环境，都在努力朝着阳光的方向生长，无限地去靠近温暖与光明。这些闪光的人物点燃了我的激情与梦想。我不习惯熬夜，创作的时间就全部安排在凌晨。我每天早上 4 点钟起床开始写，那个时段万籁俱寂，仿佛整个世界只剩下我自己，写起来也特别顺畅。尽管我很努力，但因为水平有限，写得特别慢，直到一年半之后才交稿。2018 年，小说顺利通过国网公司工会组织的专家评审，但专家也给我提了很多的意见和建议。于是，我又花了一年的时间修改，去年 10 月底交稿，年底顺利出版。因疫情影响，2020 年 3 月 23 日，我才收到出版社寄来的样书，短短三周时间之后的 4 月 16 日，濮阳市委宣传部、市文联就联合为《向阳而生》举行新书发布会！何其有幸！尤其是在这个特殊的春天，我内心的感动与感激更加无以言说！

这本书的出版得到国家电网有限公司工会、濮阳市委宣传部、中国电力作协等部门的大力支持，我已将《向阳而生》所有版税捐给“十分有爱”，启动“快乐童伴　向阳而生”公益活动项目，希望我们黄河滩区的孩子们都能“向阳而生”。

（作者单位：国网濮阳供电公司）

# 读书之乐

刘　颖

当网络时代的海量信息不断充斥我们的脑海，当越来越多的人正在用低头看手机来安顿自己心灵的家园，我想此刻更需要倡导读书，因为读书，能让你找到无可替代的乐趣。

读书之乐，乐在让你感受不同的世界。在我看来，每一部书都是一个微缩的世界，书本就是精神世界的入口。当用心去阅读体会，你会感受到有的书像心灵鸡汤，感悟生活中每一个细小点滴，用小事情折射大道理；有的书用文字记录自己所行所思，用自己的独特视角给人呈现出另一个世界的精彩瞬间；你还会发现，作品中的思想，作者心底最深处每一个微妙的小小变化，那些书中跳跃的灵魂会在你面前微笑、呼吸，那些万千命运也在你面前不断交织，演绎出美好与精彩。

读书之乐，乐在增进对事物的感知。钱钟书先生曾说："如果不读书，行万里路，也只是个邮差。"读万卷书和行万里路都是一种阅读，只是有了平日读书的积淀，你眼中的视角、路径、感知会大不相同。

记得我小时候起，台湾就是我梦中的童话，弯弯的海峡最开始是童年歌谣里的《外婆的澎湖湾》，再后来又成了课本里的日月潭和阿里山。长大后我看了台湾作家刘台平先生的《眷村》，又再次对台湾有了一种特别的情愫，想着什么时候一定要去书中的眷村走一走、看一看。

今年五月，偶然一个机会无意间满足了我的心愿，得以进入祖国宝岛的怀抱，近距离接触这里的一山一水，一草一木，如见到久违的亲人，充满感动和温情。

或许是因为读《眷村》的缘故，当我踏进眷村，仿佛回到了书中刘台平先生的童年。当年的眷村是1949年国民党为了安置随国民党来台的眷属，陆续在各地建的居住村落。最初，眷属们没有人认为会久留台湾，就在这里用竹片和茅草搭建了简易的平房，但又谁知，一条浅浅台湾海峡竟将台湾与大陆阻隔了几十年。这些难熬的日日夜夜，盈满了眷村人对祖国的思乡情结，上演了多少两岸家庭的悲欢离合。当年热闹的眷村，大家天南地北，齐聚一堂，如今的他们已经步入耄耋之年，生命在逐渐凋零，垂垂老矣之时，乏人问津，终归于落寞。

我在眷村走着看着，当我在老书柜拿起翻看一本当年的旧书时，有一个老奶奶叫住了我，对我讲起当年的经历。她说她祖籍四川，是眷村第二代了，在眷村她学会说了闽南语和粤语，像她这样的“眷村第二代”虽然没有能回故乡，但是对故乡有着特殊的感情。她从眷村第一代的父辈处传承了家乡的愁思，在“孝、悌、忠、义”的中华传统文化的熏陶中长大，会写毛笔字，会说家乡话。眷村是多元性的文化大融合，像她这样的眷属在这里称“外省第二代”。她每天都会见到很多行色匆匆的观光客，但见到真正对眷村这段历史感兴趣的年轻人就特别高兴，愿意为我讲一讲她们当年的故事。

就这样，因书结缘。在老人饱含浓浓思乡情的回忆中，我似乎与刘台平先生书中的《眷村》展开了一场跨越时空的对话。在这场对话中，有着眷村人独一无二的生命故事和人生经历，有着眷村人“月是故乡明”的乡愁滋味和渴盼回归的两岸情节，这也让我对书中那段鲜为人知的历史有了更加深刻的理解。

读书之乐，乐在焕发对生活的热爱。

当我“阅读”春天的空灵美妙，享受初春清新恬淡的味道时，我闻到了《那阵幸福花香》；“阅读”行走山水的韵律，我找寻到了《最美的风景就在脚下》；“阅读”如梦如幻的甘山秋色，感受其沉淀和久经沧桑的美，我眼中呈现了《又是一年红叶红》的秋日赞歌；“阅读”耳边滴滴答答的节拍，感受大自然的心跳，我看到了另一种生命的盛景《露吻清荷》；“阅读”生活中柴米油盐酱醋茶，我深深体悟到《婚姻是一场修行》；“阅读”书中带有生命的字符，与作者心灵相合时，《书是最浓郁的诗行》在我笔下恣意流淌……

读书之乐，乐在它是心灵的行走，爱的聆听。

读书之乐，乐在让我们遇见更好的自己！

行走在熙熙攘攘的人群里，爱读书的人一定是一道美丽的风景。每一个爱读书的人可以令自己充满着优雅的气质，因为书，就是世上最美的衣裳。

愿大家都能够穿着美丽的新衣裳，阳光自信地过好每一天！

（作者单位：国网三门峡供电公司）

# 和命运共舞

## ——我读《人生海海》

王　娟

2020 年 4 月 23 日，在公司团委组织的“悦读书、乐分享”读书日活动中，我推荐了自己最近正在阅读的麦家所著的《人生海海》。当初看到这本书，就被书中封面腰封上的一句话吸引住：人生海海，敢死不是勇气，活着才是勇气，人生海海，愿你我都能好好生活，好好修行，遇见最好的自己。

作为茅盾文学奖的获得者，麦家先生的作品一如既往的充满质感，《人生海海》也不例外，在通读全篇后，我陷入思索。麦家曾说过：“自己觉得作为一个作家，最难的，也最应该做到的一件事，就是怎么样把自己的一些感受变成大众的感受，让特殊性变成一种普遍性”。无疑，麦家先生做到了，在《人生海海》这部作品里，他将这件事情做得十分成功。

这部小说以第一人称的口吻叙述，小的时候每每看到这样的文体，就会不由自主地把“我”与作者本身画上等号，呵呵。我喜欢这样的文体，这种叙事手法会让读者更有代入感。

书中，借着“我”前妻的话说出“人生海海”，其实这四个字是一句闽南语，是形容人生多变但又不止的意思。生活是如此令人绝望，但人们兴高采烈地活着。

小说的画面感很强，阅读的过程中，我似乎通过书籍中的文字能“看到”他们聊天的场景，甚至是看到书中人物一层层的眼神。小说的主角“上校”，是一位活了将近一个世纪的人物，足够个性，足够吸引人。从“我”小的时候，就开始听上校的种种故事，爸爸和爷爷谈起他，村民们议论他，“我”在一旁有时旁听有时偷听。这样的叙述手法引人入胜，我们都会像孩子一样，对谜一般的上校充满好奇，于是，手中的书被一页一页翻阅下去……

上校的一生跌宕起伏，做过国民党军官、扛过枪、杀过人、当过军医、救过无数人，还包括共产党的领导。村里人都说他是一个太监，但是又不像，村民们一边看不起上校，却又什么事情都和他商量。

正如上校的神秘被人兴高采烈地揣测，后来有兴高采烈的提问，以为答案像甘甜的饮品能解渴还能“解自己的馋”。人的一生会面临许多选择，有人舍生取义，有人忍辱负重，不是所有付出都有回报，也不是所有牺牲都能够得到尊重，而一切终将归于尘土。

这个故事是沉痛的吗？上校！一位曾经为国家民族出生入死的人，被迫害，被逼疯，最终死在了一个跟头下，这个死亡的过程像极了他的一生，明明活得如此意气风发，却在不经意栽了跟头，而后身体还活着但思想已经死寂。林阿姨说：“他真能活呀。”说的是最后四天，还是他的下半生？他受尽迫害只是疯了，却依旧活着。

他的一生，充满传奇。但是这个传奇充满了曲折、悲苦、绝望，上校却自始至终没有埋怨过。他养猫，除了老妈和一个朋友，就再无其他羁绊了。人们对他猜忌诋毁，他却报之以德，他救他们，他帮助他们。

这让我想到文中后面提到的罗曼·罗兰的那句话：世上只有一种英雄主义，就是在认清了生活真相后依然热爱生活。接下来的很长时间里，我被这句话深深地吸引着，不断地想，去品味其中的意思，去聆听生活智慧。

忽然想到余华的《兄弟》和《活着》，作为作家，他们有不同的文字处理方式，这就是表达角度不同带来不同的阅读体验。

换句话说，麦家先生保持了最大程度的善意，他给了人物最大的体面，也使得作品更加立体。上校是个英雄吗？是的。上校太了解死亡了，所以他的不惧就代表着人性的力量。

在书中有许多精彩的描写，很多段落都可以称之为精华，那些章节一次次刺痛我的同时，也在深深地打动我，我如鲠在喉，又深刻凝望。我在其中看到了命运的威力，看到了时光的残忍，也看到了人性的或明或暗。人，就如同那个在大海中漂荡的塑料瓶，你总以为再坚持一下，只要靠岸就可以安定平静下来，只是一个大浪接着一个大浪，那想要的岸边似乎越来越远，这沙滩又似乎越来越近，只是多久能停，停在哪里，似乎由天由命，却唯独不由你。

命运是残忍，更甚的，是人性的残忍。那人性黑暗光芒尤其刺眼，让人害怕不忍直视，我已泪目。命运的拍打、任性的多变，让我们在人生的大海中跌跌宕宕，唯一让我们呼吸的，是一股信念，哪怕它不仅仅来自于爱、还来自恨或者是愧疚。也许爱恨都能随时间的流逝而浓度减弱，但是愧疚呢？只能悔不当初。

所以，从某种意义上说，这个故事不是沉痛的，而是沉重的，它承载着生命的重量，它用上校的故事，雌老虎的故事，小瞎子的故事，我的故事一遍一遍地告诉我们，生活的真相也许远比我们想象的还要残酷，即便如此我们依然要心生热爱。

人生海海，我们无法预知前行途中会遭遇何种苦难，我们无法阻止狂风暴雨向我们袭来，我们甚至无法保证船只永远不受磨损；但我们可以在苦难来临时微笑面对，我们可以在狂风暴雨后继续扬帆远航，我们可以修补破损的船只；只要我们还热爱生活，还信心满满，还能看见美好。

所以人生是什么？是你坐在屋里望天发呆无法看到的海阔天空，是你原地徘徊固步不前无法到达的美好彼岸，是你斤斤计较患得患失无法触摸的温暖。

所以人生是什么？要活着，要会活着，必须活着，只能活着，肯定活着。其实生活的真谛，就是活着。

既然跑不开逃不掉，不如爱上生活。

既然如此，不如热爱。

难道不是吗？

人生海海。

（作者单位：国网三门峡供电公司）

# “半个圣人”修炼记

## ——读《曾国藩的正面与侧面》有感

李　莉



在外培训的夜晚，对于我来说是静谧而美好的。晚饭之后，别了纷扰，便可自在欣喜地品评《曾国藩的正面与侧面》。书很厚，封面上曾国藩黑白分明，正襟危坐，半掩侧脸，颇有犹抱琵琶半遮面的神秘之感。于是，或坐，或卧，或俯，开启了一场身心共享的饕餮盛宴。

在悠悠五千年文化中，能称作圣人的，凤毛麟角。那何为“圣人”？春秋时鲁国大夫叔孙豹称“立德”“立功”“立言”为“三不朽”，这成了世人平判圣人的标准。有人说中国历史上只有“两个半”圣人，孔子、王阳明各算一个，那半个是曾国藩。孔子和王阳明且不用说，一个是儒家学派创始人，一个是心学创始人，无论从立德、立功、立言哪个方面，都牛得不得了，因此堪称“圣贤”。而曾国藩如何撑得起圣人，又为何是半个圣人？带着诸多疑问，我走进了曾国藩的故事天地。

从一个落魄秀才，到大清朝的中流砥柱；从手无寸铁的书生，到带兵讨伐太平天国叛乱；从闲游荒业青年，到1500封曾氏家书，曾国藩身上究竟发生了什么逆袭故事呢？通读全书，概括凝练，我想曾国藩一生是通过“五次耻辱”“四面笨拙”“三个想不到”“两个坚持”“一份初心”，来实现人生涅槃重生的。

受辱之时正是精进之际，这在曾国藩的身上表现得淋漓尽致。道光十二年（1832年），一位资质平庸的人来到县里第6次考秀才，这个人就是曾国藩。但发榜时，他仍未考中，勉强获了个“佾生”称号，估计也就是现在的优秀参与奖。当时湖南学台在大庭广众之下悬挂公告，批责其“文理太浅”。这次“悬牌批责”被二十出头的曾国藩视为人生第一次奇耻大辱，犹如当头棒喝，醍醐灌顶，促使他咬牙发奋，昼夜不息，来年终于一雪前耻。曾国藩初为京官，虽有满腔抱负，但无力扭转大清朝行将就木的病躯。官场的污浊混沌让他日夜难寐。后值道光去世，咸丰登基，广开言路，才让曾国藩重拾信心，上奏《应诏陈言疏》，建议新帝举行“日讲”，并画了一张讲堂布局图，加强学习。但这张图表又一次把曾国藩推到了风口浪尖，百官嘲笑他“画图丑陋，充圣人门徒”，实则就是对他风头太盛、锋芒毕露的打压。于是，“画图甚陋”成为曾国藩的又一耻辱。二次受辱后，更激起曾国藩与官僚体系战斗的决心。他先后多次上书阐述大清面临的危机和腐败，呼吁新帝彻底改革。在遭到拒绝后，甚至殚精竭虑上书《敬呈圣德三端预防流弊疏》，直指咸丰皇帝三个缺点，但这一切并未叫醒那个装睡懦弱的皇帝。转而曾国藩在处理案件时因秉公办理得罪两个位高权重的大臣，打破了“官官相护”的潜规则，成为京师人人唾骂避嫌之人，最终被迫结束了14年的京宦生涯。此为第三次受挫。咸丰元年，太平军起，次年腊月，皇帝命曾国藩帮助长沙地方官员兴办“团练”，保卫乡里。团练大臣全国共任命了43人，绝大多数都是明哲保身，敷衍了事。唯独曾国藩设立审案局，实行重罚，迅速平定内乱和匪患。但这一招却激怒了地方官员，因为他们靠办案得到的奶酪被曾国藩彻底掐断了。借着曾国藩想组建湘军的机会，地方官员挑拨绿营军和湘军的关系，发生械斗，导致绿营军闯入审案局攻击曾国藩，官员们隔墙看笑话，竟无一人伸出援助。如此“打脱牙和血吞”若是常人，估计早早放弃，但曾国藩偏偏不甘心，竟孤身一人来到衡阳，赤手空拳创立了湘军。这次奇辱让他终生难忘，并以此发奋图强。湘军在曾国藩的严格带领下，意外崛起，在咸丰四年湘潭之战中，以少胜多，一战成名。但好景不长，军队管理体制不畅，军饷没有保障，曾国藩空有一腔报国热血，却没有实权，连在省内筹饷都处处受人牵制。曾国藩忍无可忍，再次上书，却因此得罪了江西境内所有官员，从曾国藩本人到兵勇，处处饥饿困顿，窘态百出，为江西所唾骂。

历经种种，曾国藩终于大彻大悟，深谙“大柔非柔，至刚无刚”“海纳百川，兼收并蓄”的道理，此后寓沉雄于静穆之中，迅速从“职场菜鸟”成长为职场精英。这五次奇辱，大大磨砺了曾国藩的心性，奠定了他后半生的功名事业。

而这四面笨拙就更笨得离奇。他读书学习笨，从14岁参加县试，考了

7次，到23岁才考上秀才。传说民间有这样一个笑话，说曾国藩在家背书，窗外一小偷准备等他入睡偷窃。可左等右等他就是背不会，小偷实在忍不住，跳出来说："你这种水平，读什么书?"并很流畅地将文章背诵了一遍。他选人用人笨，创建湘军时，他反其道而行之，专门挑选没有打仗经验的读书人做将领，征用农民为士兵，当过兵打过仗的一概不用，说是有官气兵气的人不好用。他带兵打仗也笨，"结硬寨，打呆仗"的战术竟用了十几年。每次都采取"挖沟法"围城，如巨蟒缠人般，用一道道壕沟把一座城市活活困住，静待城里的人活活困死、饿死，因此湘军常被人讥笑为"民工建筑队"。他思维方式更笨，确切说是"扎实彻底"。他每遇到一件事，不怕费心费力，都要从正反两方面去琢磨。事情处理完了，还要总结经验教训，撰写日课或家书，方便自己和亲友监督。

他还有"三个想不到"，这也许就是时势造英雄。28岁前，考秀才7次才成功，考进士也落榜两次，但中进士后，竟被钦点翰林，他从此鱼跃龙门，老曾家一下子老母鸡变凤凰，成了方圆几十里的第一大户。入京为官后，竟十年七升，从道光二十年翰林院检讨，靠动动笔头，写写文章，连升十级，至道光二十九年30出头的他竟升至二品大员礼部右侍郎，被同僚戏为"朝为田舍郎，暮登天子堂"。最后一个想不到，更带有天命之说。太平军攻入湖南，曾国藩临危受命，领兵打战，在平乱已有建树时，竟开罪小人，落难江西。曾国藩以回家奔丧为由，要求咸丰帝赐予他实际兵权，却不料被拒绝了。曾国藩懊悔不已，以为此生复出无望，再与平定太平天国建功立业无关，不料，时隔两年，太平军回光返照，势力复涨，咸丰帝不得不重新启用曾国藩。

他的"两个坚持"放在如今也是真理。一是坚持日课自修。每天早起，写大字一百，温习经书，阅读史籍，写诗作文。天道酬勤，曾国藩一生创作的文字估计在两千万字以上，每年创作写作60万字左右，仅家书就写了1500封，约110万字。二是坚持养身自省。首先缩小交际圈，推掉不必要的赴宴，收敛脾气，管控情绪，加强运动。曾国藩一生，几乎没有给自己放过一天假，白天处理公务，入夜批阅公文，即使在出差路上、轿中船上，也从不浪费时间，或看书，或默诵，或思考。每天坚持饭后行3000步，定时学射，按时吃饭睡觉，并坚持每晚洗脚，睡前检省一日之言行，做到勤劳而后憩息。

而“学做圣人”就是曾国藩三十岁立下的“初心”宏志，有信为鉴：君子之立志也，有“民胞物与”之量，有“内圣外王”之业，而后不忝与父母之所生，不愧为天地之完人。从道光二十二年立志之日起，曾国藩开始对自己全方位的改造，从戒烟开始，到夜不出门，不与人吵架，宽恕别人，练习书法写作，一一落实，持久坚持。磨炼自己当然是极苦的，然极耐得苦，故能艰难驰驱为一代之伟人。曾国藩一生就是这样苦过来的，不断脱胎换骨，不断自我砥砺，不断变化气质，不断学习成长。最终通过自己的努力，成为了大清朝的中流砥柱。他建立湘军，讨伐太平天国叛乱，立下了不世之功。而《曾国藩家书》，以及曾国藩识人用人的本事，更为后人推崇为楷模。

“从前种种譬如昨日死，以后种种譬如今日生。”是以，从庸人到圣人的修炼，曾国藩也只是用尽这五个字而已——“诚、敬、静、谨、恒”。曾国藩以平凡的农家子弟身份出道，带着一身臭毛病，却立下“不为圣贤，便为禽兽”的誓言，一生克勤克己，“而困而知，而勉而行”，虽没有建立自己的理论体系，却博采众家之长，集治身、治学、治家、治世、治政、治军于一身，从而达到为师、为将、为相的所谓“完人”，成为传统社会的最后“半个圣人”。

回顾曾国藩的一生，仿佛每天都在战斗，每时都在战斗，总要把上天赋予的潜力发挥到了百分之一百二十，我想促使他的，正是对国家和民族的责任心和使命感，他，无愧于完人和圣人的称号。合起《曾国藩的正面与侧面》，我迎来了拂晓时刻，带着满满的崇敬和震撼。

（作者单位：国网济源供电公司）

# 沉默者的深渊之歌

狄方方

打开《北京文学中篇小说月报》2020 第 2 期，我被《父亲的隐秘生活》所吸引。父亲有什么不为人所知的事情？是怎样瞒住家人的？他瞒着大家是出于什么心理？这个标题成功勾起了我的好奇心与阅读欲望。

小说中，“我”不停地在说，我们后知后觉，实在是后知后觉，实在是太麻木了——父亲下岗了近半年的时间，我和妈妈、妹妹竟然没发现过一点不同寻常的端倪，也没有过一丝怀疑。哪怕知道了真相，我们也想不起来父亲有什么变化或不同——他在工作日照常外出上班，定时下班，每月往家拿工资，对家庭依然照顾……

母亲带着我“走亲戚”，碰到父亲的旧同事，无意中发现父亲丢失工作已经近半年了。在了解父亲所遭受的委屈后，母亲十分痛心，痛恨自己的迟钝，自责竟然没有察觉他的变化。

父亲原是一个砖瓦厂的厂长，特别热爱自己的工作。他因为副厂长提名的问题得罪了上级领导，上级领导为了排除异己，也为了给自己人“腾位置”，设下连环计。父亲先是被“停职调查”，失去了厂长身份。由于调查不出什么问题，代理厂长给他两条路：一是换个岗位，从事现金会计工作；二是调一个单位。他不愿意调单位，思来想去，决定去干现金会计。代理厂长调整了工艺砖瓦生产车间，他心疼投资打了水漂，不停写信反映。工厂贴欢送条幅逼父亲就范，他愤然找厂长（转正的代理厂长）说理，遭到更恶劣的排挤和架空。父亲离开了砖瓦厂，好不容易决定到新单位报到，在新单位又遭到冷嘲热讽——厂长打过招呼了。后来，父亲没再到新单位报到。这些不完整的片段，是父亲推荐的副厂长提名人选，父亲曾经最亲近最看重的徒弟说的。

母亲和大舅商议后，决定装着不知道。一家人开始伪装，共同维护父亲的谎言。母亲也有了“隐秘的生活”。为了找回父亲的工作，她四处奔走，到处碰壁，耗尽了所有的能量。腊八那天，大舅和二舅来家里过节，二舅想要让父亲帮着买砖。母亲宽慰父亲别放心上，父亲却毫无预兆地坦白了："我辞职了。没工作了。"他的脸在颤抖，手也在颤抖，眼睛慢慢地积满了泪水，低低抽泣起来……

人们常说家是幸福的港湾，是灵魂的栖息地，是令人身心放松的地方。但是没有人说，许多时候，我们回到家里，依然是会带着"伪装"的。

每个人都是一座孤岛。父亲如此，母亲如此，我和妹妹也是如此。父亲隐瞒了工作中遭到挤兑，并且失去了工作。母亲瞒着我们，和大舅商量着如何找回父亲的工作，避而不谈寻找过程的艰辛。而我和妹妹也在一天之中，学会了隐瞒和表演。妹妹变得更自卑，不敢在同学面前提自己的父亲。她努力讨好别人，不是因为别人多优秀，而是他们的父亲没辞职没下岗。我也没有和妹妹交流过：我曾怨过，怪过父亲无能，觉得是他的脾气让自己和家陷入这种困境。

随着时间的流逝，我成家立业了，也学会了父亲的沉默，把某些事情放在心上的沉默，报喜不报忧的沉默。不管我在工作上社会上遭遇到什么，告诉亲人的都是好的。什么我的奖金比多数同事高啦，我又在哪里发表作品了，同事们很热情，读者很认可，领导很看重等。妻子对我这种报喜不报忧表示不理解，认为我"显摆"，劝我"在外面，少说自己"。妻子不知道，我也刻意在她面前表现出诸事顺利、生活愉快、情绪稳定的一面。

我没有告诉亲人自己经历的不痛快、委屈及屈辱。这些事有的可大可小、可说可不说，有的却如鲠在喉、难以自我消化。有时候，我也会觉得撑不住了，对生活失去信心，怀疑人生的意义。每当这个时候，我就会想起父亲，猜测父亲曾经经历些什么，揣测他当时的心路历程。然而，我没有父亲的决绝，既没有拍案而起的胆量，也没有气概对那些人说："老子不和你们玩了！"

无数年后，我才有勇气和父亲谈及那段往事，得知父亲曾经想要上吊自杀。他在准备自杀前，吃了一块大白兔奶糖，想到自己死后就不能给子女买好吃的奶糖了，便决定活下来。父亲说了一些自己当时的感受，大略交代了他那半年是如何过来的。虽然他显得平静如水，但是提及自己的徒弟，他还是难以掩饰的愤怒，说小杨子“好多事儿，都是他挑的，还两边买好，真不是个东西!”事隔多年，那段隐秘的生活仍然是生命中的一个深渊，他并不愿意过多去回想往事，也不想告诉我更多的内容。

“写下这篇文字，我本更想将神经末梢深入到他的内心里去，写他的痛苦和挣扎，写他在家人面前的掩饰和由此带来的拉扯、撕裂，写压在他心上那股庞大到无法言说的力量”，然而“我不能。即使完成了它，我父亲的隐秘生活依然是个人的隐秘”，更因为“我其实也害怕那个深渊”。

合上《父亲的隐秘生活》，我陷入了深深的沉默。

（作者单位：国网济源供电公司）

# 读《目送》有感

邵星星

最近，有幸阅读了台湾著名女作家龙应台的散文随笔集《目送》，这是一本适合情感细腻的人阅读的一本好书。

《目送》收录了七十三篇散文，写了父亲的逝世，母亲的老去，儿子的成长单飞，朋友亲人的离散牵挂，兄弟的重逢携手等等，在刚读完第一篇的时候，我就不忍释手，深深为之吸引，为之感动。

龙应台先生的文字，时而锋利，时而温婉，时而脆弱，时而感伤，时而朴实，时而华丽，却总是，如此的动人。读她的文字，如冬日晨曦中沾满露珠的青草，带着轻微的潮气和清新，扑面而来；亦如黑暗海面上绽放微光的灯塔，散发温暖的光芒和明亮，照进心房。

《目送》是《目送》的开篇点题之作。阅读它，让我的内心无比酸楚，眼泪差点决堤。文章分为两个段落，第一段龙应台从一个母亲的角度，叙述了儿子从第一天上小学起到中学、直至出国上大学十几年的感人片段，她一次次目送孩子背影的离去，一次次目送孩子的成长。第二段龙应台从一个女儿的角度，追忆自己成长的岁月，与父亲的一次次别离，总是目送父亲的背影渐行渐远，直到有一天，在殡仪馆熊熊炉火里永远的消失。所以她说："我慢慢地、慢慢地了解到，所谓父女母子一场，只不过意味着，你和他的缘分就是今生今世不断地在目送他的背影渐行渐远。你站在小路的这一端，看着他逐渐消失在小路转弯的地方，而且，他用背影告诉你：不必追。"

最犀利的一支笔，也有最柔软的时刻。当孩子一天天地长大，她的忧伤却与日俱增。昔日为了孩子，她辞去文化局长的官职，抛开博士高官的美丽光环，毅然离开，重归学者作家的生活，仅仅是因为她突然之间的反思："会不会你赢得了全世界，但你失去了你的孩子？"

龙应台是一位优秀并且清醒的女人，明确地知道自己在人生的每个阶段有着怎样的责任，知道生命的意义，不仅仅是事业的成功和虚浮的掌声，所有的精彩，在繁华落尽时，也许留下的不过是永远无法弥补的一份遗憾。并不是每个人，都能像她这样清楚地获知生命的本相。

阅读总是伴随着无数的感同身受，当阅读《雨儿》一文时，我不禁被作者所记录的一点一滴所感动，每天，作者都给妈妈打一通电话，电话那头，年迈的母亲已经糊涂得像一个可爱的孩子，思维不够清晰地说着“雨儿，我只有一个雨儿。”……当作者来到妈妈的身边，妈妈怀疑地说着“你好像我的雨儿!”而作者像哄孩子一样地确定着：“妈，千真万确，我就是你的女儿”“你的女儿要看见你笑。”作者伴妈妈睡、陪妈妈聊天、带妈妈洗温泉、坐公交车，让妈妈享受着有女儿陪伴的分分秒秒，这应该是人世间最朴实的幸福吧。所以，为人父母以后，不管工作多么忙碌，都应该抽出时间带着孩子来到父母亲的家中，做一顿母亲爱吃的饭菜，听一听父母家长里短的唠叨，然后不住地点头应和。

忽然联想到她写的另一篇文章《寒色》，作者自认为是对“千里江山寒色远，芦花深处泊孤舟”早有体会的人，可是当别人问她“家，是什么?”的时候，她却突然支吾，不知所云。接着，作者又帮我们历数了一个个叫作“家”的地方：作为被人呵护的儿女时，父母在的地方，就是家；和人做终身的伴侣时，两个人在哪里，哪里就是家。

在作者清新细腻的文字里穿梭，我读懂了太多关于爱的信息。《散步》一文中，她们为母亲发明的“大字报”；《为谁》一文中安德烈让妈妈学做的“西餐”无不浸透着真挚浓郁的爱。在《寻找》《忧郁》的文字里，我也读懂了作者伤春悲秋的情怀，就像秦观《踏莎行》里的句子“雾失楼台、月迷津渡，桃源望断无寻处，可堪孤馆闭春寒，杜鹃声里斜阳暮。”

在《我村》《火警》《手镯》等文章里，我还读出了世间的人生百态。所以说，读散文，是需要有一定的人生阅历的，更需要有一种对散文情有独钟的心境。这样的文字，才会触动我们的心灵，震颤我们的神经。阅读，才能变成一次快乐的旅行，实现一种深刻的人生体味。

也许是岁月增长，人的心也越来越容易忧伤。曾经视若无睹的东西，在不知不觉中，也在心中烙下了深深印迹。开始在乎起父母越来越多的皱纹，也开始担忧起孩子越走越远的脚步。

所以，这样的文字，才这样的令人心痛起来。放下书，闭上眼睛，在苦涩的眼泪中，更多地领悟到生与死那一瞬间的界限。无法忍受，却需要面对的是：到底什么才是最宝贵的？

这是关于光阴的故事，我们每个人都在时光的洪流中渐渐长大，我们眼前的背影从高大到佝偻，自己也就慢慢成了别人眼里的背影。当我们再不能为过往的遗憾一一买单的时候，彼时的目送就成了眼下的悲凉。

（作者单位：国网济源供电公司）

# 橘井汲后绿　杏林种时红

## ——读《一个医生的故事》有感

刘燕玲

“一个个画面感人至深，一个个镜头石破天惊，在出征的队伍里，不仅有钟南山这样的老将黄忠，更有一张张青春的面孔”。听着抗击疫情的朗诵，看着电视里那些逆向而行的画面，一下子就击中我的泪点，心里满满的是温暖和感动，突然特别想去了解他们，想去看看他们的故事，那一定是“杏林春暖，橘井泉香……”

《一个医生的故事》是资深医生、中国工程院院士、协和医院妇产科教授郎景和所著。这本书看似平淡无奇，书名也很简单，当你翻看时却会不由自主地被吸引。作者回归了一个医生的本真立场，写下了从医 50 年间 150 个温暖的行医故事，还原有笑有泪、真实无比的行医生活，带你体会为生命搏斗的惊心动魄。整本书读下来像是回味生普洱茶各种回甘，萦绕舌尖各种滋味，却又回味悠长，让我对医生这个职业有了全新的认识。

印象里的医生都是不苟言笑的，他们对工作严谨专业，穿着一尘不染，在病人面前维持着职业的权威，高高在上。但是在郎景和医生的笔下，有年轻时在乡下给牛接生的奇特经历；有帮助产妇分娩时突逢地震的惊险场面；有患病的小女孩面临死亡却只怕家人伤心的感伤故事……这一切除了救死扶伤之外，还有很多很温馨活泼动人的瞬间，不仅颠覆了我印象里的医生形象，也让我想起前几天看到的电视报道——一个驰援武汉的医生在方舱医院教病人打太极拳的感人场景。那天这名医生看到有两三个病人在练习打太极拳，病人打得很不熟练，看到有河南来的医生在注视他们，就说“河南有少林寺应该都会功夫”，要求医生教他们几招，刚好这名医生会打太极拳，就认真地教患者练了起来，一动一静颇有大师的风范。事后，病人对医生更加钦佩，评价他们“现在的医生真是全能啊，怎么什么都会”。而这名医生在接受采访时笑着说：“感觉现在医生要是不会一点别的技能都不好意思说自己是医生”。

无独有偶，方舱医院一段医生带领病人跳广场舞的视频相信很多人都看过，这里的医生好像真的是“十八般武艺样样精通”，而且和病人的关系很融洽很接地气，让人放松、信任，把自己的生命无条件地托付给他们，医生和病人不再只是病患关系，更像是朋友亲人。有一个新冠肺炎的重症患者，在病情稳定需要转出重症病房时，拉着主治医生的手不愿意离开，他流着眼泪说舍不得这些医生，这些驰援武汉的医生对患者像亲人一样，给他无微不至的照顾和关怀，不只是身体还有心理上的，给他安慰与鼓励、给他希望，让他一天天好起来。这些事情都那么真实而可亲，从而也更生动感人，疫情无情人有情，隔离病毒隔离不了爱。虽然他们都穿着隔离服，我们看不清他们的模样，但我知道，他们一定是最美的白衣天使！

“不要等医生吃饭”是文章第二部分辛苦而快乐的工作内容，文字简短轻松，却足以勾勒出医生们平日工作的辛苦与忙碌。他们默默无私的付出，为了一场手术，为了生命，舍弃多少与家人朋友吃饭的时间。只要能够拯救更多的生命，他们又是自豪和快乐的，或许再多的辛苦对他们来说都是值得的，因为“医者仁心”。在抗击新冠肺炎的战场，时间就是生命，很多医务人员一天工作十几个小时，只顾得上吃一顿饭，有人在投入战斗的近一个月时间里，几乎没有脱下过白大褂，有人甚至献出了宝贵的生命。84 岁的钟南山、73 岁的李兰娟，在国家需要之关头，毫不犹豫前往武汉，奋斗在抗疫一线。还有很多很多主动请缨的白衣天使，他们也是血肉之躯，却在大难来临之际义无反顾冲在前面，我们不知道他们是谁，但我们却知道她们为了谁，她们是最美的逆行者！

“橘井汲后绿，杏林种时红。此橘复何忧？年年领春风。”她们勇敢，抗危机、攻难关、势如破竹；她们忠诚，遵医德、守宗旨、不辱使命。她们不忘初心、负重前行，默默无闻守护着人民群众的健康，是可敬可爱的白衣天使。英国诗人雪莱说：“冬天来了，春天还会远吗？”是的，有她们在，再长的冬日都会度过，再大的灾难终将被击退。时令的春天来了，“希望”的春天也就接踵而来，心中那美好的花蕾一定会尽情绽放，汇成春天的明媚。

（作者单位：国网漯河供电公司）

# 生活从不辜负　人间一切值得

## ——《人间值得》读后感

王　敏



疫情期间闲在家里，无意中看到了由中村恒子撰写的《人间值得》这本书。书中讲述了一个90岁善良慈爱的精神科医生中村恒子老奶奶的人生故事，以及她在朴素的生活中，悟出的很多深刻的为人处世的哲学道理。虽然感悟简单日常，但细细品味，其实正是我们耳熟能详却无法身体力行的。

中村恒子奶奶，当了70年心理医生，将其90年的人生智慧，化为本书六大篇章关于工作、家庭、交往、幸福、困境、孤独等课题的诚挚箴言，陪同数不清的人走过人生泥泞的时期，让他们在认清生活真相后，仍然有热爱生活的勇气。恒子奶奶的一生，也是千千万万普通人的一生，她把自己的经历娓娓道来毫不做作，写成故事来告诫每一个阅读这本书的人。

有感于恒子奶奶在书中几个朴素的处事生活小道理，送给自己，也和大家分享。

首先对于别人的帮助应存感恩之心。

无论是在职场还是日常生活中，对于别人的帮助，一定要心存感激，只有抱着这样的心态，人际交往和日常生活才会顺心。反之，对于别人的帮助，总觉得理所当然，那么你的感恩之心就会逐渐淡忘，慢慢地就会没有人再愿意帮助你，你的人际关系会出现大问题。

在新闻中，我们常会看到这样的消息，某某老人因为年轻人不给自己让座，就会对他恶言相向，甚至拳打脚踢，其实这种言行就是典型的把别人的帮助当成是理所当然的。年轻人愿意让座，是尊老敬老的表现，老年人应该感谢年轻人；倘若年轻人不愿意让座，老年人也不该心存怨念，也许是人家身体不舒服或者是没看到呢？拿道德绑架别人或者把别人的付出当做理所当然的行为都是不可取的！

其次，人生只要能照亮某个角落就够了。

人生是一段长长的路，也许你一辈子都做不到像太阳般光芒万丈，但是做一只哪怕只能照亮一个小角落的萤火虫，那也是你生存的价值和意义。尽自己所能，做好自己，你就是最棒的。

古人说得好“达则兼济天下，穷则独善其身。”每个人都有每个人的长处，每种职业均不应该受到人们的歧视。

大海的汹涌，离不开成千上万的水滴，高楼大厦的耸立，离不开一砖一瓦的堆砌，再渺小的东西，都会在自己的岗位上发光发热，你没有必要非做闪亮的那一个，能照亮自己身边小小的角落，也同样伟大，不是么？

再者，争执之后先道歉才是王者之道。

在人际交往中，有时候我们难免会跟别人发生争执，谁也说服不了谁，反而是越说越堵心，那就果断停下来，不要再争执，保留彼此的意见，第二天，倘若对方还是不开心，那就主动跟他道歉，说声对不起。这样周围人感觉轻松，自己也会轻松。恒子奶奶跟自己的儿媳妇相处就挺和谐的，每次如果自己哪方面做得不对，恒子奶奶也会主动跟儿媳妇道歉，所以，儿媳妇很喜欢恒子奶奶这个婆婆。

总之，恒子奶奶在《人间值得》这本书里，讲了很多生活方面的小道理，我在这里就不一一赘述了，感兴趣的读者朋友可以去看看这本书。

生活是一张白纸，有人明白了一些朴素的道理，就认真地落笔在纸上画出自己理想的生活；而有的人心里明白，却不愿意践行，只能越画越堵心，越画越不顺心。不要去看别人的好或不好的生活，也不要被社会上各种观点所裹挟，所有的限定只取决于你做还是不做。

之前有人说：“道理都明白，却过不好这一生。”但我想说，道理明白以后，你做了吗？

生活从不辜负，人间一切值得，值得你为你所决定的而恒久坚持，值得你去选择和经历你的每一步，值得你去拥抱这阳光雨露、草木万物！

（作者单位：国网漯河供电公司）

# 为孩子成长搭建爱的绿荫

## ——《如何说孩子才肯学》读后感

张亚平



黑夜，灯火阑珊。女儿在书房里认真读书，我泡一杯香茶，抱着电脑在网络上浏览，于是就看到了《如何说孩子才肯学》这本书。

我平时工作比较忙，带女儿的时间不多，虽然女儿聪明乖巧，但是随着叛逆期的到来，个性越来越强。于是，一看到这个书名，我就来了兴趣，觉得这本书会为我解开教育叛逆期孩子过程中的疑问和困惑。

翻开这本书，阅读第一章《如何处理干扰学习的情绪》中的关注孩子的情绪一节，就让我思绪万千。孩子有自己的想法，假如我们总是以命令的口吻让他们做事情，命令他们应该干什么，不应该干什么，必须要怎么样，必须不能怎么样。设身处地想一想，孩子能接受吗？假如别人这样命令我，我肯定也是极不情愿的。也许这种方式在最初时还能勉强适用，但是时间久了，是起不到任何作用甚至是起到反作用的。因此，我们要随时提醒自己：认同孩子的感受，用爱的语言包容孩子的感情。当然首先不要否定孩子的情绪，在接纳、认同的同时，最好能说出孩子的感受，即便用“哦、嗯、啊”或“我明白”等简单的语言，也要以一种关心的态度回应孩子的沮丧，偶尔点头或理解地回应一声，使孩子将注意力集中在问题上，这样孩子才有可能自己解决问题。为何认同接纳孩子的情绪，会有如此的效果呢？原因很简单，仔细想想，即便是大人，当负面情绪得到认同和接受时，都会觉得受到鼓舞，会继续努力。

书中还提到不要否定孩子的情绪。哲学家詹姆士曾说过：人类本质中最殷切的要求就是被肯定，而学生更是如此。如果给予学生太多否定，久而久之，学生对学习便产生了一种挫折感，丧失了对学习的信心。

这本书主要介绍的是如何与孩子沟通，告诉读者在具体的情境下一些切实可行的沟通技巧，是一本比较实用的书。书中举出很多正反两方面的例子来说明什么是有效的沟通，什么是错误的沟通。不幸的是，回想自己以前和孩子说过的话很多都列在反例里，这也是这本书吸引我的一个最重要的原因。现在就拿最简单的“表扬和批评”为例，来谈谈读书前后我做法上的不同。

书中说，在孩子做正确事情时要给孩子表扬，目的是让孩子看到自己的长处和自身的能力。

在读这本书之前，我也表扬过孩子，但从来没去想过什么时候该表扬孩子，为什么表扬孩子，直到读这本书时，我才深深思考这个问题。之前女儿画完后画后拿给我看，我经常说的就是“画得太好了，宝贝!”“画得真棒!”这就是评价式表扬，表扬的结果通常是孩子笑笑就接着画画或者玩别的去了。读过这本书后，我就在女儿身上做了个实验，还是女儿拿画给我看，这次我仔细端详她的画，“嗯，这儿画的是太阳，红色的太阳，这儿是什么啊?”

女儿说：“是树，大树。”

“树上有什么啊?”我接着问 。

“有苹果啊，apple。”女儿把幼儿园学过的单词也用上了。

“来，宝贝，我们数数大树上有几个苹果?”就这样，我们母女俩一起来讨论她这张画。

这种表扬就是叙述式表扬，描述她正在做或已经完成的事情。哪一种表扬会真正鼓励孩子，我想显而易见，而且那一天我和孩子交流很多，在交流过程中，了解她很多想法，也很锻炼她的语言表达能力。

评价式表扬对孩子也起作用，但容易引起孩子的反感，再次的自我否定。如当你表扬孩子聪明时，他可能会觉得自己真的很聪明，但是当批评他完不成其他任务时，他立即会给自己下个结论：我还是不够聪明，因为我完不成任务。而叙述式表扬对她所做的事进行描述，但不评价好坏，这种方式才能让孩子持续久远地感到被肯定，并且在需要时才能再次给予他力量。

书中还讲到，在孩子做错事情时要给孩子批评，目的是让孩子改正错误，做正确的事。

如何批评孩子，孩子才能愉快地接受，去改正？先看看我的一些反例。孩子玩完之后，我说“你看你玩的，满地都是玩具，快收拾！”早晨上学时“快点，别磨蹭，又要迟到了！”吃饭时“好好吃饭”等等。我想，很多时候批评孩子是带着自己的情绪，这并没有好处，只会引起孩子对抗的心理，而不是接受你的批评去改正，去做正确的事。读这本书后，我就学着改变说话方式，“宝贝，你的玩具该回家啦”“赶紧起床了，幼儿园的老师和小朋友都在等着你呢，”“乖乖吃饭，吃饭以后我们还有游戏呢”。这样的沟通方式，家长省心，孩子也乐意接受，可谓是一箭双雕。

看完这本书后，我从中收获到了很多，也深深意识到沟通是一门学问，与孩子沟通更是一门艺术，多站在孩子的立场上去考虑问题才更能有效地解决问题。在以后的亲子教育中，我会细心地去琢磨、去实践，为孩子的成长搭建永久的爱的绿荫。

（作者单位：国网漯河供电公司）

# 带着爱轻盈地飞翔

## ——读《舍得让你爱的人受苦》有感

王　雪



如果你一辈子都是一个唯唯诺诺、没有主见、受父母牵制的孩子，那父母永远无法学会放手让你成长，学会尊重你，学会让你在心理上独立地生活。如果你一辈子都在埋怨父母小时候没有善待你，在你的负面反应和抱怨下，他们永远学不会自己检讨当年的行为，并且看到自己的错误而对你真心地感到抱歉。因为你负面的看法和感受，会让他们起防御之心，只想为自己的行为找借口、辩护，无法真诚地回到内心去面对自己真实的感受。不知道你们读到这段话时，心会不会剧烈地颤动一下？

这是女作家张德芬《舍得让你爱的人受苦》序上的一段话，说实话我是带着疑问和不解读完这本书的，不明白为什么要让自己爱的人受苦？不是应该让我爱的人享受幸福和快乐吗？直到合上书本，闭上双目，细细品味，才发现这本书描绘了一幅“关系蓝图”，它帮你看到各种错综复杂的关系，并告诉你在每日生活中，让我们苦恼的事情，其实都不是问题，真正的问题在于我们无法和自己内在的负面情绪相处。真是一语点醒梦中人，而整日为家庭琐事烦心的我是那样的愚钝。

《舍得让你爱的人受苦》中共收录了59篇文章，每篇文章都讲述了一个和“关系”有关的故事，和父母的关系、和爱人的关系、和孩子的关系、和朋友的关系……有些更是张德芬的亲身经历，是她“两年来走过的轨迹、心路历程和心境的变化”，讲述了如何与亲爱的人相处的智慧，在各种关系中带着爱轻盈地飞翔。

平日里我是一个喜欢读书的人，毕淑敏、龙应台等女作家的书籍都是我比较喜欢的，但每当读到张德芬的书时都会给我带来震撼和对于心灵成长和心理治疗的帮助，因为在现今社会的大环境下，心灵的健康更重要，不少婆媳关系、工作关系、夫妻关系困扰着现如今工作压力及生活压力越来越大的人们，有时候看来只是一些小的问题，由于思想的局限性仿佛走进了一个迷宫怎么都走不出来，但能静下来通过书来治疗是最好不过的。在该书中，张德芬提出：有时候我们在自己的情绪模式和互动惯性的遮蔽下，会看不清楚我们和爱人、亲人、家人、好友、同事之间到底发生了什么事情。而读过这本书以后可以帮助我们穿越各种错综复杂的关系，穿越自我的障碍，通过学习如何面对自己最好以及最糟的情绪，学会接纳、臣服和放手，来修复和重塑我们与家庭、爱人、友人及自己之间的关系，并最终找到通往爱和幸福的桥梁。

记得曾经读过张德芬《遇见未知的自己》一书，该书也是一本个人成长的书，而《舍得让你爱的人受苦》则是她换了一个角度，从外在关系解读个人的成长。因为爱，让这本身亲密的关系更为紧密；因为爱，让彼此耳鬓厮磨，也更易擦出破坏爱的“火花”；因为爱，把直视变俯视，如执了放大镜，一切都在放大镜下观视，缺点也变得更大……张德芬用女性的智慧和心灵的研习所得解读了怎样对待父母、怎样看待爱人、怎样与孩子对话，体贴、宽容、放手也是这本书的魅力所在。

我有一位朋友，从小就在母亲不停的唠叨声中长大，成人后她变得很叛逆，母亲让她找一位工作稳定的人当老公，她偏偏找了一位没有工作的无业游民，育有一个孩子后，因性格不合分手，和第二任丈夫认识不到两个月闪婚，婚后育有 1 个刚满 5 个月的孩子，第一次婚姻的失败并没有让她改变，她的强势常常给两人带来争吵，有时两人还会大打出手，看到她的情况母亲整日以泪洗面，不明白女儿为什么这么命苦。我想如果她能早一些看到张德芬的这本书，或许她的人生就会有不同。因为爱对方，所以希望对方完全按你想的样子生活。这有什么错呢？错就错在，一棵已经长歪了的树，如果硬硬地把它搬到另一个方向，这无疑是白费力气，最后的结果或许是两败俱伤。细细观察，发现树其实都是向阳生长的，有阳光的地方就是树生长的方向。与其做一把雕刻的冷冰冰的斧子，不如做一束暖暖的阳光，温柔地照耀，慢慢改变他的方向。

学会如何去爱，爱家人、爱朋友、爱自己。不要以爱的名义，把那爱负重，压在你所爱的人身上；也不要以爱的名义，成为束缚的借口。爱一个人，就是用爱作指引，带着爱和他一起轻盈地飞翔。

（作者单位：国网淇县供电公司）

# 读《平易近人——习近平的语言力量》有感

桑　萍

讲话是一门特殊的艺术，有一种神奇的力量。《平易近人——习近平的语言力量》一书读起来不像小说一样情节起伏跌宕，也不像散文一样令人陶醉其中，但足以让读者心存感动，激情澎湃，就像和习近平总书记亲密接触过一样，从内心深处领略到这位国家领导人睿智果敢、博学多识的个人魅力。

全书辑录了习近平总书记在各种场合发表的重要讲话中富有特色的引文引言70个词条，按讲话时间的先后顺序排序，是非常新颖、可读性强、“接地气”的一本书。全书包括“开篇”“形象比喻篇”“俗文俚语篇”“诗文引用篇”四个部分。

“开篇”从“中国梦”开始，介绍了2012年11月29日，习近平总书记在参观《复兴之路》展览时说：“我以为，实现中华民族伟大复兴，就是中华民族近代以来最伟大的梦想。”自此，“中国梦”这一词汇就逐渐成为网络上使用的高频词之一。中共十八大闭幕时，习近平总书记代表党对人民作出了庄严承诺：“人民对美好生活的向往，就是我们的奋斗目标。”中国梦也是人民的梦，短短的三个字朴实无华，凝心聚力，非常好地概括了亿万人的民族情感和共同梦想。

习近平总书记有着特殊的成长经历和基层经验，经过层层历练，使得他对国情民情有着生动全面的了解。国家有哪些问题他知道，老百姓想什么他清楚。第二部分“形象比喻篇”让我们看到习近平总书记善用形象比喻和讲故事阐述深刻道理，该篇汇集了敢啃硬骨头；蹄急而步稳；把权力关进制度的牢笼；打“老虎”拍“苍蝇”；踏石留印、抓铁有痕；为民不能一阵风等25句生动的语言，这些话是习近平总书记敢于负责、真抓实干、求真务实工作作风的最好诠释，凸显着力量，展现着刚强，凝聚着真情，张扬着正气，又情真意切、恰到好处、字字千钧、精练传神。

习近平总书记很少讲套话官话，全都是老百姓听得懂的语言。第三部分“俗文俚语篇”可以读到习近平总书记用大白话、大实话为老百姓释疑解惑。开弓没有回头箭；舌尖上的安全；人心就是力量；十个指头弹钢琴；众人拾柴火焰高；人生的扣子从一开始就要扣好等 20 句俗文俚语。“鞋子合不合脚，自己穿了才知道”用于坚定道路自信、理论自信和制度自信，在国际交往的场合下引用这句人人都能听得懂的朴实俚语，揭示了一个国家发展道路合不合适，只有这个国家的人民才最有发言权的深刻道理。类似的话非常符合习近平总书记的语言风格和用语习惯，平实中透出自信，听着亲切可信，更传递了坚持中国特色社会主义道路的坚定信心。

最吸引我的第四部分“诗文引用篇”把习近平总书记讲话中运用优秀文化传统元素提纲挈领的 24 句诗文进行汇总。既不妄自菲薄，也不妄自尊大；治大国如烹小鲜；合抱之木，生于毫末；物必先腐，而后虫生；刮骨疗毒，壮士割腕；以其昏昏，使人昭昭出自《道德经》《荀子·劝学》《孟子·尽心下》等古文，用于警示腐败是党和国家灾难的重要源头，领导干部要洁身自好，务实清廉，批评当前存在的学风不盛玩风盛的现象。可以说习近平总书记的这些话不仅起到了非常好警示作用，还让大家重温国学，更加注重传统文化的学习和古典文学传承，利用古文精华随时随地传播正能量。

语言是思想的外衣。习近平总书记用生动鲜活的语言阐述施政理念，风格鲜明、内涵深刻，说真话说实话，说老百姓爱听的真心话，早已为国内外社会各界喜闻乐见。《平易近人》一书写得精彩，出版得及时，书名也起得特别好，包含了习近平总书记的名字，更代表了习近平总书记的语言平实中蕴含大智慧和直指人心的力量。

听君一席话，胜读十年书。读完了这本书，似乎听到习近平总书记和各级领导用老百姓掏心窝子的话娓娓道来，是那么坚定、那么从容、那么自信，也更加了解了“习式语言”风靡网络流行全国的原因。同时让我坚信，在习近平总书记的带领下，中国人民一定能够过上向往的美好生活，“中国梦”必将成真！

（作者单位：国网淇县供电公司）

# 读《战疫赋》有感

## ——一份特别的入党申请书

邢福轲



己亥末，庚子春，荆楚大疫，染者数万，众惶恐，举国防，皆闭户，道无车舟，万巷空寂……岂曰无衣，与子同裳。能者竭力，万民同心！月余，疫除，终胜。此后百年，风调雨顺，国泰民安。

刚读到这首诗的时候，仿佛回到了“神仙打架”的年代，背了太多的唐诗宋词，唏嘘了太久的古代诗人的繁华，觉得浮躁的现世再也写不出古诗词中三言两语便能体现的万丈豪情。但是读到此诗感触到我们可以的，不是我们扎根不下去，不是世界太浮躁，而是我们太幸福了，在我们爱的土地上没有遇到大灾大难，但此刻命运共同体将我们融合在一起。

2020年注定是不平凡的一年，新春伊始正是万家团圆的时候，一场突如其来的疫情成为了举国关注的焦点，防控形势异常严峻，全国上下同心合力抗击新型冠状病毒，在这场没有硝烟的战争中，人性之美，共克时艰，守望相助，上演了振奋人心的华美乐章。我看到了党的优良传统作风，激发了我加入中国共产党的坚定决心。

回望2003年的非典，面对生与死的考验，广大共产党员舍弃个人安危，身先士卒，奋勇争先。中国工程院院士、共产党人钟南山教授慷慨请缨，“请把最危重的非典病人往我们这里送”。面对这次疫情，他依旧首次发声，对武汉疫情发出警报，他所代表的共产党人，感召着全国人民。

1月23日凌晨，武汉这座城市按下了“暂停键”，“不入汉、不出汉”成了全国人民都知道的话，可是两天后的大年初一，全国多支医疗救援队、部队系统赴这座城市，留下无数封请战书。自此以后，他们负重前行，不眠不休，为了这份沉甸甸的守护，疾病与灾难都会成为岁月的尘埃。无数的党员先锋绽放人性的光辉，华中科技大学同济医院急诊科副主任严丽穿上隔离服，坐在一个地方不吃不喝不上厕所，坐诊 10 到 12 个小时是坐发热门诊的常态，三个月前他提交了休假单，获得审批，但现在疫情严重，考虑他是肿瘤患者，开过 4 次刀，长时间连轴转没有休息，建议按原计划休假。但她临近登机改变主意，重回医院，与同事一起战斗。她说，“不是觉得自己高尚，只觉得一线医护人员紧缺，自己一辈子没当过逃兵，这一次也不能离开。”因抗疫需要，志愿报名一下就满了。无数的党员先锋或是驰援武汉、或是坚守岗位、或是风雪中严把每一个入口的体温关，不计报酬，无论生死。

我发现在最危急的关头总能听到一句话，共产党员跟我上。毕竟能做到“泰山崩于前而色不变”的人毕竟只是少数，我们为受到疫情影响的祖国而担忧，为那些受到病痛折磨的人而心痛，这正是我们对他人、对祖国最深沉的爱的表现。面对未知，害怕是本能，但害怕却不退缩，迎难而上才是勇敢。长发剪短，脸被口罩勒出血痕，水被消毒水漂到发白起褶。“哪有什么白衣天使，不过是一群孩子换了一身衣服，学着前辈的样子，治病救人和死神抢人罢了。”微光成炬，能穿透阴霾，向光而行，必走出黑暗。

在疫情防控的特殊时期，无数共产党员逆向而行，“国有战，召必回，战必胜”的口号激荡人心，在这场没有硝烟的战争中，真正体会国家的强大和政策的执行力。中国的这次抗疫之战撼动整个世界，不是因为新冠病毒的危害，不是因为这次战疫导致中国经济的巨额损失，而是因为正是因为这场战疫，让全世界看到中国的强大，无惧任何危险，军队有序抗争，医护人员无私奉献，共产党员卡点坚守。

在这次抗击疫情的战斗中，身边的党员冲在一线、不畏生死、无私奉献，看到党旗在防控疫情斗争第一线高高飘扬，我更加坚定了入党的信念，希望争取早日成为党组织的光荣一员。

（作者单位：国网浚县供电公司）

# “文物医生”和他们的“文物复活术”

刘芳冰

大历史，小工匠。择一事，终一生。

《我在故宫修文物》2016 年 1 月在央视首播，随即在 B 站迅速走红，点击量近 200 万，全网播放量近亿，豆瓣评分 9.4，成为年度最具影响力纪录片。《我在故宫修文物》重点纪录故宫书画、青铜器、宫廷钟表、木器、陶瓷、漆器、百宝镶嵌、宫廷织绣等领域的稀世珍奇文物的修复过程和修复者的生活故事，用年轻的视角走进古老的故宫，第一次系统梳理了中国文物修复的历史源流，揭秘世界顶级文物“复活”技术。

不同于《我在故宫修文物》纪录片更侧重于文物修复的日常，注重影像效果，纪录片同名图书《我在故宫修文物》则是通过由同名纪录片导演萧寒主编、绿妖撰稿、严明摄影深入故宫采访 12 位文物修复师，为读者呈现出顶级修复师们更为立体的形象。这本书更侧重于“修文物的人”那些不为人所知的，与文物摩挲交流的时间的故事。

故宫已经拥有跨越明清两代、建成将近六百年的历史，收藏着包括《五牛图》《清明上河图》在内的 180 多万件珍贵文物。历经百年沧桑，这些人类共同的瑰宝或多或少蒙上尘埃，偶有破损。而从故宫博物院建院那一天起，一代又一代文物修复师走入紫禁城的红墙，通过他们化腐朽为神奇的妙手，将生命的活力重新注入一件件文物之中。木器、陶瓷、青铜、漆器、钟表、织绣、书画，不同的文物有着不同的特性，也有各自修复的难点。而这些修复师们甘于寂寞，甘于平淡，在与文物的对话中小心翼翼感受着来自古代的微弱的脉搏。文物有灵魂，有生命，它们和人类的内心大美紧紧相连。

这些文物修复师们被人们称为“文物医生”“匠人”，他们有着很平凡的名字，却有着一颗不平凡的匠心。他们仔细、认真、执着。他们一生只干这一件事，每当看着修好的文物，总会为之喜悦。现代中国需要这样的“匠人精神”，一辈子只干一件事儿，我不得不感叹一句“这太牛了”，现在我们的年轻人可能做不到一辈子只干一件事，五年跳两次槽，或者两年跳三次槽。这就是为什么当看完这本书后年轻读者会一下子被打中。那种耐下心来，不急不躁不赶地去做一件事，这样的气质现在太稀缺。

当尘封的文物重新焕发夺目光彩之时，不应忘记那些平凡而伟大的匠人所为之付出的艰辛，更重要的是他们倾尽一生只为专注于一件事。现在，我将这本书推荐给你，希望你也能步入慢生活，择一事，终一生，每个人都应为梦想静心……

（作者单位：国网河南省电科院）

# 参加“英召计划”之我的收获

刘昱轩

2020年对中国和世界来说，是一个经受考验的年份，对我来说，也是一个有着特别意义的年份。

2020年新冠疫情刚到来的时候，我还没有很大的感觉。偶然在我的一个网络心理学小团体中，来自武汉的同学发的一篇武汉抗击疫情的文章深深打动了我，感动于武汉、湖北人民为全国所作出的牺牲，我觉得自己需要做些什么，就填写了针对武汉疫情的幸福海“英召计划”——PTSD（创伤后应急障碍）心理援助师志愿者申请表，并幸运地入选了。经过从2月10日开始的连续4天密集的培训，和随后1个多月的小组练习和心理个案咨询练习，我收获了很多。

很感恩自己参加了这次“英召计划”，不仅学习到了可以有效减弱或预防PTSD发生的RTM（创伤记忆的重新整合）技术，自己也得到了疗愈。学习的过程中，和三个学霸同学组成学习小组，经常讨论、练习到深夜12点，对自己和人性的探索，使我们不知疲倦。还感谢来访者对我的信任和鼓励，咨询过程，是对来访者的帮助，也是对自己的成长。同时，作为培训的一部分，自己也需要作为来访者，接受RTM咨询。而在这个过程中，我深刻理解了从青春期以来的自我孤独感，疗愈了这个创伤，有了更放松的心境和更灵活的行为方式。

一直很欣赏美国心理治疗大师欧文·亚隆关于心理治疗（咨询）师的一个比喻，大意是大家都是人生路上的旅客，咨询师是陪来访者走一段的人，前者只需要帮后者移开障碍物，后者就像一颗橡树种子一样，自己长成一株枝繁叶茂的橡树。RTM技术就是可以帮助来访者破除成长中的限制和规条的、一个起源于脑神经语言的技术，它可以有效帮助来访者重建创伤事件发生时在潜意识形成的创伤记忆，从而避免或减弱相似环境下引起的强烈感受，比如“一朝被蛇咬、十年怕井绳”这样的感受，这样使来访者在行为层面上打破固有限制、有更多的选择，让生命得到更大舒展。

在课程培训和后来的督导中，穿插了一些对于咨询原则和案例的分析、讲解。一个支持者、陪伴者的最佳状态是：“自信而亲和，专业且有弹性，稳定而松弛，谨慎且敢于承担”，寥寥数语，也说出我心目中好的咨询师的形象。

在学习RTM技术过程中，老师反复强调，要先学会顺着流程执行下来，再学习做对，最后再做好，不要害怕做不好，持续努力，一定会越来越好。我的实践中，也充分证明了这一点，从开始流程不熟悉、时间总超时等，到后来能在执行RTM流程的过程中，始终关注来访者的感受，并保持稳定和中正，真正做到对来访者有帮助，其间的进步自己和同伴都有感受。

助人的事一定要量力而为，不要过度付出，这样才能很好地帮助到来访者，也保护好自己。过度付出的结果，必然会不由自主地在其他地方找平衡，从而带来内心的不适，那么就既无法自洽，也无法助人。

咨询师个人的成长、稳定、中正固然很重要，但因为来访者各不相同，每个人的成长阶段和对咨询师的感受也不一样，偶尔对咨询师的建议，咨询师可以思考、讨论，但不用自责，因为咨询过程中遇到的问题和处理方式，就像很多事情一样，并没有绝对的对和错。

从2009年接触“哈佛大学的幸福课”以来，我喜欢心理学已经有十年之久，这十年里，我从一个只争朝夕、好强又多愁善感的“工作狂”，慢慢变得越来越从容，越来越愉悦，越来越能看到并享受到生活的美好和幸福，有岁月、阅历的功劳，更有凝聚着人类智慧的心理学的功劳。感谢这一切，感谢“英召计划”，感谢发起并用心执行这项公益计划的人们！

（作者单位：国网河南省电科院）

# 色彩的冲击，视觉的盛宴

## ——读《发现之旅》有感

赵 华



天地有大美而不言，这是《发现之旅》给人的最深印象。过去三百年的自然史是惊险刺激的，同时也是浪漫迷人的。发现自然，探索自然，在没有现代高科技产物的帮助下，这些三百年前的自然学家们仅仅凭借着手绘素描，一笔笔、一帧帧就将自然之美、生物之奇展现在我们的面前，它们栩栩如生、美轮美奂、令人叹为观止，无怪乎以知性与趣味闻名的伦敦自然史博物馆会将之视为瑰宝。

在已经习惯了三次元视觉的现代人眼中，这 300 帧精美绝伦的图像无疑是不可思议的，那喷薄的张力、灵动的色彩，仿佛是一个个故事，又更像是一首史诗，将 17 世纪末到 19 世纪末那些波澜壮阔又富有传奇色彩的人类探险之旅一幕幕呈现于我们面前。在那些惊心动魄的航海故事中，有我们众所周知的，更多的还是鲜为人知的，它们都是人类探索自然，解密自然的新奇旅程，每一次都那么弥足珍贵。自然界以其广博神秘而存在，如果没有库克、班克斯、林奈、达尔文等自然界的戮力搜集者们，那些居于遥远地域的生物、植物们将会一直在自己的世界默默存在，而无法为世人所认知。正是有了他们的努力，有了他们娴熟的技能与热心的奉献，才有了我们今天绚烂的自然史，有了我们通向自然界的金钥匙，有了我们辉煌的科学和繁荣的文化发展。

诚然，无论是到人迹罕至的海底探险，亦或是冒险穿越原始云雾弥漫的热带森林，对热衷探险的科学家们都有着不分轩轾的致命吸引，让他们因探索未知世界的奥秘而感到由衷地兴奋。同为女性，在这些探险家中，最令我感到钦佩的还是 17 世纪的博物学家、画家——玛丽亚·西比拉·梅里安。这位杰出的女性，她的作品对昆虫学界的贡献是无与伦比的，她的画作不仅获得了当时包括斯隆在内的同侪的欣赏，也让后代昆虫学家及自然史绘画学生对她推崇至极。她醉心于昆虫学的世界，尤为感兴趣的是蝴蝶和蛾类。1679 年和 1683 年她先后出版了两本以欧洲蝴蝶为题的小书，以独具匠心的手法呈现出蝴蝶完整的生命周期，记录下欧洲蝴蝶的成长过程。随后由于对荷兰殖民地苏里南州蝴蝶标本产生的兴趣，她以 52 岁的高龄，毅然带着次女前往该地观察作画。2 个月的海上航程绝不是令人愉快的经历，船舱拥挤、通风不良且鼠患肆虐，饮食单一乏味而不新鲜，甚至用水也受到很大限制。在苏里南州也诸多不便，天气潮湿炽热、国家动荡不安、殖民政府与奴隶冲突频起，即使在如此条件下，梅里安仍然坚持了两年才返回荷兰。在停留苏里南期间，她每天都会完成大量的画作和数量惊人的工作，这些成果在重返荷兰后集结为著作《苏里南昆虫变态图谱》，在各地受到高度赞誉。如果不是怀着对昆虫学的喜爱，对探索自然的热衷，这一切都是不可能实现的。梅里安的画作色彩绚丽、画质灵动、极富美感，彰显着蓬勃的生命力，令人仿佛身临其境。六十余幅版画中除了一些非昆虫题材的作品外，其余全部都是蝴蝶和蛾类，且每张插图上都有一至两种于宿主植物上或觅食的幼虫、或展翅飞离的成虫，这在构图上同时兼顾了科学的严谨和艺术的美感。尤其是将昆虫纳入构图的做法，体现了后期她对昆虫学旺盛不竭的热忱和迷恋。在她生活的年代，由于离经叛道，她曾经被认为是与魔鬼共舞的人；而在几百年后的今天，她的祖国则以她为荣，1992 年德国发行的 500 马克纸币背面便是梅里安所绘的毛毛虫和蒲公英图片，而正面则是她本人的肖像，人们用这种方式表示对她的纪念和崇敬。

三百年前的他们，是自然史学者、博物学家、艺术家，更是探险家，他们没有野心，只有好奇和兴趣，他们凭借一颗对大自然求知的心踏上了冒险的征途，他们勇于探索未知的世界，用自己特有的方式表达对自然界的敬畏，对生命的热爱。

（作者单位：国网河南省电科院）

# 读《好妈妈胜过好老师》有感

崔　丽

“好妈妈胜过好老师”教育书系作者尹建莉老师，是北京师范大学教育硕士，中国家庭教育领域标志性人物，中国家庭教育女王。我是追随尹建莉老师步伐的一名忠实粉丝，尹建莉老师先后出版的四本著作《好妈妈胜过好老师》《最美的教育最简单》《好妈妈胜过好老师2：自由的孩子最自觉》《从“小”读到“大”》，我都是第一时间入手拜读，从中不断汲取家庭教育的思想和智慧，找寻解决亲子教育难题的答案和方法。

温故而知新，在2020年新春抗击新冠肺炎疫情宅家赋闲的时光里，我有机会又重温了尹建莉老师的所有著作，从中受益良多。我是两个孩子的妈妈，平常比较关注家庭教育，也很重视亲子关系。大学我学的是心理学专业，虽然自身具备一定的心理学、教育学专业知识，但是在实际生活中，我还是经常会遇到一些具体的家庭教育困惑，不知道该如何解决。比如大女儿今年12岁，马上小学毕业，面临小升初孩子人生的第一道坎儿，该如何帮助孩子选择适宜的初中？小儿子今年7岁，已经是一名一年级的小学生，写作业存在极大的畏难情绪，如何辅导孩子作业，帮助孩子解决玩耍与作业时间矛盾的问题？每当我遇到家庭教育困惑的时候，我总会条件反射般，首先想到的是去翻看尹建莉老师的教育书系，在书的目录中快速检索，每次都不会落空，总能在相应的章节中找到自己所要解决难题的破解之法。

尹建莉老师的教育思想，就像海岸上的灯塔，每当我驾驶家庭教育的小船，在滚滚教育洪流中迷失方向时，它总能为我指明方向，照亮前进的航向。

尹建莉老师的第一本家庭教育著作《好妈妈胜过好老师》是尹建莉老师的教子手记，写她如何培养自己的女儿。书中首次提出一些令人耳目一新的家庭教育原则，使妈妈们在教育孩子的时候有章可循，书中给出许多简单而又实用的操作办法，理论和实践完美结合，使妈妈们不仅立刻获得许多有效的经验，教育意识也随之改善。书中不但告诉你怎么能提高孩子成绩，而且告诉你怎么教孩子做人，教你怎么培养一个自觉、自强、自立的孩子。

尹建莉老师的第二本家庭教育著作《最美的教育最简单》，仍采用案例写作的手法，案例主角扩展为更多的孩子，展示了前一本书尚未涉及的另一部分儿童教育生活。它最大的特点是紧贴当下教育现实，还原教育真相，让妈妈们看到美好的教育并不复杂，有效的教育往往是朴素而简单的。尹建莉老师依据经典教育学和心理学理论，以学者的严谨和妈妈的亲和，对大家面临的种种教育问题进行了深入而细致的解读，并指出教育面临的种种误区，同时为读者提供许多可操作的方法。

尹建莉老师的第三本家庭教育著作《好妈妈胜过好老师2：自由的孩子最自觉》，更注重对所有妈妈和儿童的实用性，是有史以来实操性最强的家教书，堪称家庭教育问题的“百科全书”。从22万个案例中，提炼出98个典型家庭教育问题，内容涵盖儿童的行为习惯、学习玩耍、人际交往、性教育、人格教育、家庭关系、心理成长等方方面面，和具体的生活事件接轨，让妈妈们可以将理念真正内化为自己的行动和意识——所有的妈妈，都能在本书中找到自己孩子对应的问题，并获得可以“拿来就用”的解决方案。

尹建莉老师的第四本家庭教育力作《从“小”读到“大”》，详细而系统为妈妈们讲述孩子的阅读养育，从100多个案例中，为妈妈们解答如何让孩子爱上阅读、读什么、怎么读，如何识字、如何学习拼音、如何学习古诗词、如何写作，等等，并为孩子推荐阅读书单，为妈妈们推荐教育经典读物。妈妈们关心的“得阅读者得语文，得语文者得高考”、从幼儿到小学、初中、高中等精神成长的关键期等现实问题，都能从本书中找到指导性答案。

教育家杜威说过，“一切教育的最高目的是形成性格。”在每个人的生命成长中，没有比妈妈更重要的老师。妈妈是朋友，妈妈是老师，妈妈是孩子的引路人，妈妈教育方法的差别，常常影响孩子的一生。

教育的真正准备是完善自己，作为两个孩子的妈妈，我在育儿的实操路上，经由尹建莉老师的书领悟了“教育”之美，最美的教育最简单！今后我仍要不断地完善我自己，努力做一名好妈妈，做一名胜过好老师的好妈妈。

愿生活更美好，生命更绚烂！

（作者单位：河南立新监理咨询有限公司）

# 读《周恩来传》有感

华　楠

周恩来，这是一个不朽的、有温度的名字。作为一名“90后”，虽与周恩来总理生活的时代相隔数十载，但每当提起这个名字，都会倍感亲切，无比温暖。用了近一周的时间读完迪克威尔逊写的《周恩来传》，在折服于周总理魅力的同时，也被他的品格所深深感动。今天恰是周公恩来同志诞辰122周年，借此写下内心真实的感受，以短短数语表达真诚的敬意。

迪克威尔逊是国外研究当代中国问题的知名学者，于1960年在周总理访问尼泊尔之际初见总理，自那之后多方搜集文献材料，多年后便有了该版传记。看到该书作者时，我心中闪过一丝疑惑，中西方文化大背景是截然不同的，一个国外学者仅仅通过收集查阅文献，是否能够真的全面地、深刻地了解我们的周总理。带着探索式的疑惑细细品读，才发现我的想法是多余且略显狭隘的。一位伟人虽然有国籍，但散发出的伟大精神是不分国界。该书以详实的事例作为撰写基础，用诚恳朴素的语句再现周总理传奇的一生，再配上作者的独到见解，让整部著作既饱满又生动，如同身临其境。

钢铁般的意志不是人人都能拥有，信念的坚定也不是人人都能做到。对周总理最初的印象至今仍停留在他12岁时喊出“为中华崛起而读书”，现在回想真真钦佩总理的勇气，小小年纪竟有如此魄力和眼界。十年后，22岁的周恩来为实现抱负，乘坐法国邮轮从上海出发，前往法国马赛勤工俭学。你能看到在动荡不安的局势下，随着油轮汽笛声响起，他站在油轮上望着渐行渐远的祖国海岸线，掠过飘扬在西方国家商业机构楼顶及游弋于黄浦江中外国军舰上的英国、美国、法国等西方国家的国旗，脸色凝重，怎么才能摆脱被外国奴役的现状，怎么才能实现中华民族崛起，心中的沉重不是每个人都能承受的。途中，同行的青年们热烈地谈论着个人的志向——有同学说他想到法国学建筑、有人说想学采矿，而周恩来则说他想改变中国社会。从小时候到青年时期，周恩来在命运多舛的年代历经近十年沉浮，但从未忘记自己树立的远大志向，始终如一坚定信念，矢志不渝地以国家命运和前途为己任践行，面对这份毅力和坚持，我深感惭愧。

周总理之所以伟大，不仅仅是因为他有远大的志向和坚韧不拔的毅力，更在于新中国成立后，仍然保持清醒的头脑和严格的自律。周恩来深知弱国无外交的道理，就任总理兼外交部部长以来，他以独到的外交技巧，灵活妥善地处理各种刁钻问题，其不凡的领袖风范折服众人，赢得国外众多外交官的佩服，逐渐成为国际舞台上一位新星人物，让世界不得不重新认识中华人民共和国，一头终将觉醒的雄狮。佩服于周总理的冷静应对，感叹于周总理的不卑不亢，他以不可抵挡的气势，卓越非凡的实力，带领中国逐步走向世界，让世界重新认识中国。记录中还写道，周总理日常工作的特点是连续不断，他开创出一种无人能够匹敌的步调，令人惊讶地频繁参加活动和各种会议，做无数报告而又分毫不差。很难想象到底是什么在支撑着他，日复一日，年复一年，每天保持 20 个小时工作仍目光炯炯，闪烁迅速，浑身散发出令人无法抗拒的魅力。他的成功不止付出与拥有，也承载了岁月的沉淀，彰显了担当重任的魄力，这充满传奇色彩的一生，让后人为之自豪，而又让人心疼不已。

周恩来总理是中华民族的一颗璀璨巨星，是中国共产党人的一面不朽旗帜，他崇高的精神境界，在新时代的中国同样具有顽强的生命力，经久而不衰。短短几段话，无法完全表达对周总理的崇尚和爱戴，只能转遗憾为动力，鼓足干劲，不断追逐生命的光彩，在梦想的远方，长风破浪！

（作者单位：河南送变电建设有限公司）

# 同行一程　终须一别

## ——读《父母是有有效期的》有感

朱景霞

最近读了父母课堂里台湾作家龙应台写的《父母是有有效期的》这篇文章，感触颇多。离孩子参加高考仅剩 3 个月，此时的我心有千千结。既有就要完成育儿使命的兴奋、喜悦，也有即将面对中年空巢的失落、惆怅。

高考前的时光，是稚年的蓬勃生长和学业的孜孜以求。无论快乐或失意、顺遂或烦扰，我和孩子一路同行，共同度过了孩子人生的初始阶段。父母给予孩子人生最初的奠基和精心养育，孩子也给了父母真挚的爱和甜蜜。高考后的日子，是新生活画卷的徐徐展开。经过高三的淬炼，孩子已长大成人，即将张开翅膀，飞离巢穴，独自面对未来的无限可能。此后，孩子要学会独立生活，迎接每天的朝阳；父母要适应空巢岁月，欣赏黄昏的臻美。这是交织着痛苦和欢乐、融汇了激情与怅惘的一年。情愫与理智缠绕，不安与坚定抗争。这一年，为了完胜高考为了青春无悔，孩子一直在努力拼搏；这一年，无论晨光熹微还是暮色四合，父母始终默默守护，静待花开。静谧房间里橘黄的灯光、书山题海中专注的孩子，是最温馨幸福的生活剪影。曾经小小的婴孩已长成翩翩少年，一切都还恍如昨日，一切都已水到渠成。

家有高考生，辛苦且幸福。好好珍惜吧，这将是父母与孩子同行的最后一段时光。高考过后，天高海阔任由孩儿翱翔，天南地北只凭心之所向。寒窗苦读，心无旁骛，孩子体味着拼搏进取的乐趣、高效充实的满足，这是奋斗带来的幸福。默默守护，静待花开，父母在辛苦付出的同时，更能体会到参与一个生命成长的欢愉，这是付出带来的幸福。高考结束，意味着 12 年的学海拼搏有了收获，也意味着孩子和父母 18 载朝夕相处日子的结束。曾经，巴望着孩子快快长大。但真到了和孩子别离的那一刻，背后就都是情绪汹涌，复杂难言。“世上所有的爱都是为了相聚，只有父母的爱是为了分离。”珍惜当下和孩子相处的分分秒秒，坦然接受即将到来的别离，这是成长的一部分，不只是孩子，也包括父母。

龙应台说“父母是有有效期的”。是的，世上没有恒长的厮守，父母与孩子同行一程后也终须一别。当那天来临，父母最荣耀最体面的样子，就是让孩子依依不舍地与自己作别，而不是迫不及待地逃离而去。

作为父母在最后3个月，拿出全部的爱来陪伴孩子吧，那些还没有来得及说的话，趁早说；还没有来得及做的事，赶紧做；如果还有遗憾，请尽力弥补。有幸同行一程，难免终须一别。好好珍惜这最后最好的亲子时光，把它过成属于自己的“此生不换”。

（作者单位：河南送变电建设有限公司）

# 光阴解说者

王笑宇

合上白先勇先生的《台北人》，合不上随着文字氤氲打开来的旧时光。

白先生书中的十四个故事，平行又交错。他用最温柔的文字，描摹世间最强硬的力量，用极清淡的口吻，讲述人生至无奈的悲欢。初看是社会各个阶层人的漂泊沉浮，再回味分明每页纸上都是四个大字：历史、命运。最是人间留不住，朱颜辞镜花辞树。留不住的何止是容颜和鲜花，更是被历史洪流席卷而去的个人命运，不可抗拒，甚至无法延缓。

我看到《金大班的最后一夜》中舞女金兆丽，《游园惊梦》中的优伶蓝田玉，《秋思》中的华夫人，《国葬》中的秦副官，他们处在时代的转折点，是上节的亲历者，也是下节的局外人。他们所有人身上带着已经破落的珠光宝气或赫赫军功，在自己被历史的手搅和的天翻地覆的小日子里，执拗的活着，而挣扎的结果，也不过是结束了辛苦的一天后，抻抻发皱的衣角，藏起磨出的茧子，半倚在榻上，闭着眼想象一出起高楼宴宾客的旧时光。

除了作者始终冷静自持地着墨，运筹帷幄地把控节奏，对各种方言极有分寸地运用，我能如此沉入这坛佳酿，也要感谢恰当的机缘。开始读这本书的前几日，一位朋友问我认为自己人生想要的幸福是什么模样。坦白讲以我的年纪和阅历，确实不曾认真思考过这样深刻的问题，最后我斟酌了很久，尝试着对自己做了一个回答，也许就是得以清明的悦纳自己。六年前的成人礼上我收到母亲的一封信，其中她写到对和错没那么重要，看清楚就好，彼时年少，不懂“看清楚”是个怎样的境界，现在才略略感受到何其难。知人者智，自知者明，与他人相处时间总是有限，与自己却是一生的磨合。回想自己短短二十多载生活，十之八九的不开心多源于求而不得，尤其是认为本该是属于自己的事物却落了空。盲目的自信和自我鼓励，催眠自己可以做到任何事是相对容易实现的，难的是认清自己的实力和水准，承认“天花板”的存在，坦然地面对自身的普通性，不再与命运较劲，真正地悦纳自己。

之前还曾读过白先勇先生的另一本作品《纽约客》，与《台北人》中无一人故乡是台北相似，那本书中的各个人物也都只是漂泊在纽约。同样都是社会中默默无闻的甲乙丙，都是些低头弯腰谋生的可怜人，对这些普通人的普通生活描述，字里行间却总能引得读者含笑带泪，每每读完一个故事，总是一声复杂的叹气。文学作品摄人心魄大多是与读者现实生活相背，战乱年代的和平鸽，和平年代的英雄泪，能将人带出现实生活，重建一片精神世界更容易抓住读者，而白先生的故事，没有任何故唱高调和佯作不幸，总是淡漠疏离，像是一出昆曲，一曲作罢，仿佛经历了他人一段生命，有了颇多共鸣，然而你细细想来，又不甚分明，只余胸中一点说不清的情绪弯弯绕绕。那些道不明的共鸣也许来自所有人都有的乡愁，有时会突然想家想得厉害，但不是从小生长的地方，也不是求学的城市，都不太对，是这些所有地方的总和，是过去的光阴，是不见了的人，消失了的情。十多个故事中，人物都不同，相同的是一抹愁绪，不仅仅是对大陆的渴望，所有的愁绪都来自今昔之比。过往是正青春，主事都在轨道之上，现在是花白的头发，麻木的生活。白先生没有借书中任何人之口谈半分大道理，满纸平静言，其中一把辛酸泪却让人动容。

听白先生讲了十四个故事，隐隐有种混沌中找到清澈之感，仿佛脱胎换骨，也像是一朝老了少年心。

（作者单位：国网河南省电力公司检修公司）

# 母爱似水

魏雅魁

2016年4月，我迎来了父母八十囍寿、金婚51年的大喜之日，望着手持鲜花鹤发童颜的父亲和已步履蹒跚但依然与亲友侃侃而谈的母亲脸上洋溢着幸福的笑容在礼台上接受亲友的贺拜，内心更懂了朱先生在《背影》中对父母之爱的深切感受。人这一辈子欠的最多的、能让你欠的而且不让你还的，只有父母。

母亲是豫西一户普通农家最小的孩子，自小体弱备受舅舅姨妈们的精心呵护，读书也成了可以免除粗重农活的最佳选择，母亲感恩姊妹们的照顾，把全部的精力投入在学业之中，功夫不负有心人，她终于如愿成为家族引以为荣的女秀才。

父亲、母亲作为20世纪60年代大学的同班同学，在经历了许多不为我知的感情经历后，携手步入婚姻的殿堂。母亲为报答姊妹们的恩情，心存私心坚决要求分配到豫西家乡，父亲为了追寻自己的爱，“怜念妻子”，在我出生后不久，放弃条件优越的都市生活，来到有着自己挚爱亲人的豫西边城。父亲是个颜值高心胸豁达的男人，来到母亲的家乡入乡随俗做到了“教‘夫’初来”的境界。在那个特殊年代，因为爷爷在旧军阀队伍中从过军的历史问题，他们在工作中、生活里都遇到很多的坎坷，相互安慰也是我幼时记忆最深的父母聊天的主要内容，母亲对父亲最多的抱怨就是我那封建、曾经是村中第一资深美女的小脚奶奶，首次和她婆媳相见就当面指责父亲娶了个丑媳妇，这也成了婆媳之间内心最大的芥蒂，和父亲调侃争吵不变的话题。

我在少年时母亲最大的心病就是生养了我这从小逆反顽劣的儿子，从不懂事时期给父亲表芯里滴蜡液、玩火燎光自己眉毛，到少年时期半夜饥饿和伙伴们大院墙外偷瓜、母亲被我的老师她的同学一次次暗含斥责的沟通，都成了父母对我好言管教演变成男女双打的最佳理由，直至有一天模仿水浒英雄顽皮过头的我被警察蜀黍擒获，才收敛了劣性让母亲轻松了许多。

母亲一直体弱多病，在中年时期就经历了生死相搏，父亲无微不至的关爱自己多病的妻子，这让出生于清末、有着传统男尊女卑思维、不懂现实生活但高寿康健的奶奶心存愤恨，这位耳聋却聪慧的小脚老太有着极高的表演天分，在家中演绎着父亲在与不在判若两人的双面婆媳场景，睿智的父亲总是微笑地聆听母亲讲述着奶奶的种种“劣”迹，用自己的豁达宽容在这对老婆媳之间筑起了一道坚强的家庭安宁的防波堤，让享受四世同堂生活、满尝了儿子智孝之心的奶奶，在安详渡过平凡人生 91 年的一个大雪的清晨，微笑着无疾驾鹤西去。

退休后的父亲生活依旧繁忙，他把自己全部的精力投入到照顾母亲的工作中去，母亲每天最艰难的工作不是愁容满面、举步维艰地跟随身形依然矫健的父亲在小区散步，就是在家中用令人发笑的动作在父亲身后打着让开山祖师汗颜的太极神拳，她最开心的时刻是坐在沙发上静听和她相伴一生的爱人为她一篇篇地朗读书刊，或者爽朗地笑着与老闺蜜煲着无尽的电话粥，不厌其烦地讲述自己“烂麻绳熬过铁棒槌”的养生哲学。在度过八十生日的那年冬季，母亲在感到身体不适的数天后，在家人的陪伴下安然离开人世。

“有之以为利，无之以为用”，母亲和天下所有长者一样，用自己平凡普通的人生、勤俭善良的品行，传承于后辈感恩、敬畏之心，挚爱、智孝之情。我们现代人的幸福来源于国富民强的和平时代和父辈们自身的修行。家有一老、胜似珍宝，从我们遇到的每位幸福老人洋溢在眼神中的喜悦之情，可以悟出幸福的根源不是出自一个人的旷世智慧，而是生存于微妙玄通、言传身教的情商之中。愿天下的老人都能幸福安康！

（作者单位：国网河南省电力公司检修公司）

# 淡看舍得　拥抱春天

## ——读《舍得舍不得》有感

贾　峥

"童年记忆里点点萤火忽明忽灭的美，其实是生命繁衍的华丽庄严。"这是《舍得舍不得》一书中我反复流连的一句话。《舍得舍不得》是台湾作家蒋勋先生的散文集，是今年我一直在读的一本书。说一直在读，并非没有读完，而是总愿去翻看、总想去回味。书中字里行间皆透着爱和智慧，关于旅行见闻、书画文学、人生感悟等，每每翻看，都如一位老友在我身边，缓缓倾诉。

今年年初，我们都被一个叫"新冠"的不速之客搞得措手不及，从最初的惶恐、焦虑到后来的坚定、有序，整个2020的春天充满了复杂但又温暖的情绪。

春寒未尽、疫情正盛之时，我被"困"在了老家，原本热闹熙攘的城市变得异常安静。所有出行的计划被纷纷搁浅，所有亲朋的欢聚被拒之门外。偶有外出，也看不到几个人影，迎面走过的熟人，因一只口罩而形同陌路。所谓失去，才觉难舍。难舍家门口的那碗胡辣汤，难舍路口拐角的小书店，难舍挥汗如雨的运动场，难舍朋友的拥抱、孩子的亲吻……这么多难舍，却又不得不舍，无力感让人闷得发慌。那天，母亲一边给我们包着饺子，一边调侃"出去这么多年了，就数今年在家时间最长，真是难得啊！"看着母亲满足的笑脸，突然感到，这场天灾也不是一无是处。于母亲而言，也许病毒固然是可怕的，但孩子们久久的陪伴又何尝不是她的心之所愿呢？

所谓有舍，必有得。

一场疫情，让多少人分离，又让多少人团聚；让多少人明白健康的可贵，又让多少人后悔明白得太晚。几个月来，每天早晨，打开手机的第一件事，就是关注那一行行升升降降的数字，数字背后，是一个人、一个家庭乃至一个国家的故事。这些故事里，有坚定逆行的背影，有盖满手印的战书，有剪掉长发的倔强，有不期而遇的爱情，有轮回救赎的生命，有直抵心灵的问候……当儿子拿着他的新画《病毒大作战》向我炫耀时，当他指着画里形形色色的病毒给我进行“科普”时，我知道，没有一个冬天是不可逾越的，也没有一个春天不会来临。

山河无恙、春满人间。我站在街口，望着再次涌动的车流和万家灯火，似乎更加理解了《舍得舍不得》中所说的，关于无法留住的繁华和源自内心的满足。放缓匆匆的脚步，抬头看天，似有点点萤火，将我带回童年。我依偎着母亲，躺在院子里的竹席上，没有过度的照明，没有冰凉的冷气，微风丝丝拂面，月光所到之处，皆是泥土和花草的味道。

蒋勋先生说：“‘灭烛怜光满’，减低亮度，拯救的其实不只是萤火虫，不只是生态环境，更是那个在躁郁边缘越来越不快乐的自己。”光的圆满映射出生命的庄严，人的圆满映射出舍与得的智慧。做一个更自然更自由的人吧，用心去感受每一个春夏秋冬，用心去体验每一次所遇所闻，遵从本心，淡看舍得，珍惜当下，修行人间。

（作者单位：国网河南省电力公司信息通信公司）

# 《人生海海》读后感

韩　沛

起初是因为作者和众多知名人士的重荐才打算阅读这本书《人生海海》。后品味故事情节，这是一本拿得起却不易放得下的书。看完这本书，虽有褒贬不一，毕竟“一千个人眼中有一千个哈姆雷特”，但是对了解人的善恶、当时的社会背景具有很大价值。虽书中确有不少不堪入目的字眼，却恰恰体现了最接近地气的直白、简单。

故事发生在江南村庄，主角是“上校”。但有人叫他上校、有人叫他太监。村里的每个人，都有着对他的猜测，每一句对他的描述中都有个转折：他是全村最出奇古怪的人，古怪的名目要扳着指头一个一个数：他当过国民党军队的上校，是革命群众要斗争的对象，但大家一边斗争他，一边又巴结讨好他，家里出什么事都去找他拿主意；却又说他是太监；他向来不出工，不干农活，天天空在家里看报纸，嗑瓜子，可日子过得比谁家都舒坦，还像养孩子一样养着一对猫，宝贝得不得了。这好像是一个集各种矛盾于一体的人。随着作者从爷爷、父亲、老保长、村民等多种角度得来的消息，知道上校是参加过国民党军队、参加过抗美援朝，立过大功，与敌人斡旋，被敌人侮辱。在我看来，那是一个人一生中黑暗却光辉的岁月。尤其是忍辱负重，被日军特务各种侮辱，也要完成革命任务，但上校不主动向别人提及。这才让我觉得其他人为什么矛盾地对待他是有原因的。从上校的这一生、“我”的一生、父亲的一生、爷爷的一生、小瞎子的一生、林姨的一生，都折射了社会在不同的发展阶段，人们是什么样的心态，便是有什么样的结局。现在依然适用。

故事情节值得去阅读，它跌宕起伏，又让人不禁唏嘘，有遗憾有喟叹。人生海海，纷繁复杂。熟悉的人也有让你陌生的时刻，陌生的人也有让你敬畏的时刻。上校后半生着实令人遗憾，或许是因为做了那么多好事却没有好的结果，在多番折磨后无法自理，不能善终。从他周边的人中，我看到了人性，有好，有坏，有冷漠，有怯懦，有事不关己高高挂起，让人心中郁郁难以释怀。他或许只属于之前的时代。

人生海海，是对人生的一种描述。有起有伏，有高光有黑暗，有认可有被抛弃，有……是对人生的一种态度。你看待生活的意义不同，选择就会不同。现在也是这样，生活给你不同面目，我们如果能够泰然、率然一点，说不定迎接我们的是“柳暗花明又一村”。就像罗曼·罗兰说的“世上只有一种英雄主义，就是在认清了生活真相后依然热爱生活”，不管经历丰富也好，寥寥也罢，如果将自己放在人生的这片大海上，每个人都是渺小的，将自己遇到的困难看得小一些，视线放得长远一些，心态坦然一些，虽然海海，仍会精彩。

（作者单位：国网河南省电力公司物资公司）

# 读茶人　悟做人

## ——《茶人三部曲》读后感

王秋娜

《茶人三部曲》是茅盾文学奖获奖作品，它以茶为载体，以历史为背景，描写了杭州一个茶商世家从太平天国运动后期至20世纪末百余年的兴衰沉浮，塑造刻画了众多个性鲜明的人物形象。读完这部作品很长时间了，我对其中茶文化的诠释和故事的铺陈已记忆模糊，但读之时与主人公悲欢浸染，读之后对生而为人、人当如何的感悟却犹如那苦涩甘甜的醇厚茶香弥久不散、深入心田。也正如爱人向我推荐这部作品时说的“读这部书，让我感悟到做一个什么样的人”，读书之后，我也一直在从茶人身上感悟做一个什么样的人。

做一个淡雅的人。《茶人三部曲》中，作者笔下的茶是典雅的象征，茶商世家是“一个温文尔雅的江南儒商之家”，茶人也具有对应的气质——淡雅。淡然处世，雅致内修，何尝不是一种生活态度和人格品质。华丽的外表和显赫的地位固然能给人一个令人羡慕的外在，但却很快会随时间流逝而褪去。真正拥有智慧的人是懂得外在与内在的和谐统一，别人眼里看来是那样的平平淡淡、清清雅雅，似乎从不引人注目，犹如一杯清香的茶，越品则越令人惊叹于她的幽香，让人感到如沐春风，此时任何肤浅的荣光都会在她面前变得黯然失色。

做一个坚韧的人。《茶人三部曲》中，野茶在恶劣环境中生长，历经磨难却顽强生存的坚韧品格，也一直是茶人历经家国变故、遭受磨难摧残后依旧保持强烈生命意识的精神支撑。无论是二代茶人女主人公沈绿爱，还是三代茶人男主人公杭嘉和，都是以坚忍的意志和态度与生活抗争，为家族苦撑，度过一个个难关，延续一代代生命。在工作节奏快，生活压力大的今天，作为社会主力、家庭脊梁的我们，更需要这种坚韧的品格。折不断、压不碎，负重前行，唯有如此才能承担起工作责任和生活重担，让单位不失望，让家人不流泪。

做一个“和合”的人。“和合”是儒家文化的重要思想，是一种包容万物却又和而不同的情怀。《茶人三部曲》中，杭天醉、杭嘉和等许多茶人形象都不同程度地践行着“和合”的人生哲学。杭嘉和是一名对弈高手，但和任何人下棋从来都是和棋，因为即便是这种小事，他也要为别人感受和脸面着想。而当他被侵华日军军官要求对弈时，宁愿断指也不愿奉陪，展现了他原则的一面，用血甚至可能是生命的代价来践行孔夫子“和而不同”的哲学。温柔而不懦弱，善良而不无原则，这就是兼具谦恭而不屈、温柔而又阳刚的人生气质。这不只是优秀茶人的修养，更是我们应当追求和修持的人生境界。

淡雅、坚韧、“和合”是茶的特质，更是人的修养。而这种修养，体现在男人和女人身上又不尽相同，因为男女天生的差异决定了各自身体能力、性格特质、社会分工的不同。究竟做一个什么样的男人？做一个什么样的女人？

做一个刚柔相济的女人。这是我读这部书的进一步感悟。柔，即如无形之水般柔，相夫教子、孝敬老人，如春雨润物甘泉泽田，“和合”融于其中；外贤内慧、和声惠语，如茶香清淡绵长，淡雅浸沁其内。刚，即如三尺坚冰之刚，生活之难压不碎，敢于负重，做好家庭坚强后盾，坚韧发乎其心。就如书中的沈绿爱，有温柔如水的一面，向往美好的爱情和生活，但丈夫无心家业之后，她毅然挑起全家重担，内外操持，负重前行，保全家庭养育孩子，尽到了一个妻子、母亲艰难而又伟大的责任。

做一个举重若轻的男人。这是爱人读这部书的最大收获。无论工作中有多大的难题，生活中有多大的难事，都要勇敢地面对，不焦虑、不抱怨、不迁怒于人、不丢失方寸，始终保持坚定的信念，平和的态度，头脑冷静地寻找解决办法。即便心中有惊涛骇浪、千斤重担、万般苦楚，也能表现得一如既往，平静淡然，给单位、给家人以安全感。举重若轻，正如那野茶叶经历过风雨雷电、冷热苦寒万般摧残之重，在开水冲泡后只平静地释放自己的清香，而不是上蹿下跳提醒人们注意它曾经和现在经受的苦难和煎熬，也正如男主人公杭嘉和在经历生死关头、事业危机、亲人噩耗时，总是平静镇定，淡然处之，就连走路的脚步声都像平时一样的从容和平静。举重若轻，是真正的阳刚和成熟，更是淡雅、坚韧、“和合”的有机统一。

读书，是在读故事，了解社会万象；读书，也是在窥测历史，洞悉风云变幻；读书，更是在经历人生，在自己有限的生命维度中，体悟人生真谛。文有尽而意不绝，《茶人三部曲》就是这样一部作品，让我浸染在社会变迁、世事沧桑之余，不断用心、用生活去践悟人生。

（作者单位：国网河南省电力公司物资公司）

# 三代人的深情对望

## ——《目送》读后感悟

李艳华



一次次的目送是父母对子女渐渐长大而愈加浓烈的牵挂和期盼，一次次的目送是子女对忽然间就年迈的父母深切的担忧和悔悟。回首我曾经是无知而莽撞的女儿，当下我是焦虑而满怀期盼的母亲，将来也会是满头白发苍苍的外婆。不觉间已过不惑之年，不觉间一双女儿已经和我一般高了，不觉间我的母亲已近古稀。

品读《目送》时，不知不觉地就会走进文章中的情节，自己现在的年纪应该和当时作者的年纪相仿，自己就好像是书中的人物，随着作者的脚步感受人间的真情。她写的文章既有女儿般的柔情、细腻，可又不失坚强。读来就如同作者正守着一杯茗茶，与你徐徐道来生活中细小甚至微不足道，但是又无时无刻不触动你心弦的故事。亲情，友情……

“我慢慢地、慢慢地了解到，所谓父女母子一场，只不过意味着，你和他的缘分就是今生今世不断地在目送他的背影渐行渐远。你站立在小路的这一端，看着他逐渐消失在小路转弯的地方，而且，他用背影默默告诉你：不必追。”

《目送》同名的那篇散文，是写作者送儿子去上学。可是如今儿子早已长大，思想也开始成熟。不再是那个若干年以前拉着妈妈的手，怯生生地用两颗纯洁的眼眸小心地试探着这个陌生世界的孩子了。而如今儿子也只是勉强忍受母亲的柔情，不再如同刚上小学时，一步三回头地不舍地望着母亲。在儿子过安检时，只给这个为他操劳了一生的母亲留下了他那清瘦的背影。可当年，作者正值儿子这个年龄，让父亲送到学校时，也一样地最后留给父亲的仅是一个背影罢了。

当孩子慢慢地不再黏着父母，不再愿意和父母齐头并进的时候，这个做母亲的人，慢慢地独自咀嚼着这份落寞，慢慢地眼前出现了另一个背影，这个背影也是落寞的。在被泪水湿润而模糊了的视线里，我们都看到了那个背影，是被长大了的我们无意时怠慢了的父母的背影。他们从不打搅我们，总是在离我们十步之遥的地方缓慢前行，是为了看我们是否安全，是确保我们在无助的时候能第一个出现在我们的面前，是在看到我们欢乐时他们也能偷着乐……

从《目送》回到我自己的柴米油盐的生活，做女儿，一样单纯地向前走，记得自己当兵离家，母亲多么不舍的把我送上火车，我却满怀着对未来军营生活的好奇兴奋不已，现在我一样像母亲当年那样絮絮叨叨地叮嘱我的女儿们，她们就像当年的我一样不屑一顾，叛逆，盼望着自己快点长大；而我一样在代沟前耸肩表达深广的无奈。是的，养儿方知父母恩……在我们目送着孩子远离了自己的视野时，才知道这样的滋味父母已经尝过了很多遍。小时候母亲不曾放开我的手，长大了我又怎会放开你的手。我只想牵着你在人生这条路上，走一会儿，再走一会。《目送》安置了上下三代人的默默温情。没有浓墨重彩的去扬厉爱深爱切的感受，只是随手捡起日子里的点滴，然后，你会在无意之间被貌不惊人的文字打动，会报以会心一笑，会默然神伤，会被柔软的孝顺所温暖。

人间最真挚的感情莫过于亲情。从《目送》展开来看，孝敬父母，爱惜、教育好子女是中华民族的传统美德，也是社会公德、家庭美德，是当今精神文明建设不可忽视精神力量。古语有云："百善孝为先"，家庭是社会的"细胞"，家庭美德不仅对家庭起着至关重要的作用，对构建和谐社会也起着至关重要的作用。家庭美德要求我们要尊老爱幼、勤俭持家，我们更应该弘扬家庭美德，建立和谐家庭，树立起尊重老人、尊重父母的社会风气。让我们一起讲家庭美德做有孝心的人，让我们的家庭因为相互尊敬、关爱而幸福美满，让我们的社会更加和谐，让我们的人生因为有爱心和付出而精彩。

（作者单位：国网河南省电力公司物资公司）

# 谁会是你灵魂的摆渡人

## ——读《摆渡人》有感

魏 薇



一次书店闲逛，内心被《摆渡人》封面的一句话所触动，是这样说的：“如果命运是一条孤独的河流，谁会是你灵魂的摆渡人?”是啊，在我们短暂而又漫长的人生路上，谁能真正走进你的内心，与你心灵相通，指引你未来的方向?

怀着疑问很快读完了这本书，故事大致是讲一个15岁的女孩迪伦，在独自寻找父亲的途中遭遇车祸而丧生，她要走过生命的荒原到达天堂，而指引她渡过荒原的就是她的摆渡人——崔斯坦，一个16岁的美少年。荒原中危机四伏，一不小心就有被恶魔抓走的危险，但是崔斯坦一直尽力保护着迪伦，在走过荒原的日子两人互生情愫。迪伦在到达天堂后，为了寻找心中的爱，又冒险重回荒原寻找崔斯坦，并鼓励崔斯坦改变一成不变的现状，回到现实世界。书中的迪伦是个勇敢的女孩，她敢于表达心中的爱，也敢于为了爱冒险。在渡过荒原的时候，崔斯坦是迪伦的摆渡人，一路保护她。谁又能说，迪伦不是崔斯坦的摆渡人呢? 崔斯坦在荒原日复一日地重复着摆渡的工作，不知道自己的真实年龄，连长相都是根据一个个灵魂的需要随时变换的，他的生活中没有自我。是迪伦唤醒了他内心的爱，让他敢于向这样一成不变的生活挑战。

荒原是自我投射的，而这个神秘的摆渡人不也是自我投射的吗?! 每个人都希望有一个明白自我的摆渡人来引领自己，在将要溺水时获救，在深陷淤泥时被扯出来，在不知道方向时被指引。摆渡人引领的是人的灵魂，而指引摆渡人来引领的，却是自己。看看书中的摆渡人，模样是逝者最喜欢、最信赖的样子，荒原的景象、天气也是根据逝者的心情变换的。你用什么样的心情去看待荒原，荒原便会回报给你加倍的体验，所有这些都是自己内心的折射。

看看我们现实的人生，又有多少人像崔斯坦一样为了生活奔波，只顾低头赶路，而忽视了自己的内心。现在生活节奏快，工作压力大，更多的人疲于应付各种各样的任务，用酗酒和上网来解压。是否还会记得儿时的梦想，是否有时间去照看下自己被现实打磨的麻木的内心?

只要保持好的心态，荒原也可以开满鲜花，也可以鸟语花香。环境改变人，那么人也可以改变环境。当你觉得身边的环境不利于你成长时，从改变自己开始，你会发现周围的人和环境也会慢慢改变。要有坚定的信念，无论现实如何，不要忘记自己的初心，才会得到内心的幸福。

迪伦用生命与灵魂诠释了爱情的真谛，通过不懈追求告诉我们，因为心怀信念，所以无所畏惧。禁锢我们的不是黑暗，而且内心的懦弱与胆怯。不要让恐惧成为软肋，执着的信念才是倾尽一切的追求与方向。只要目标确定，不管路有多艰难，也要坚强地走下去，做自己人生的摆渡人。

（作者单位：国网河南省电力公司物资公司）

# 太阳从心中升起

## ——读《撒哈拉的故事》有感

李　萌



已经记不清是第几次翻开这有些泛黄的书页，轻薄的书本中却蕴藏着强有力的文字，一次又一次让我在阅读中找到了那从我心中升起的太阳。

我曾无数次幻想站在那广袤无垠的撒哈拉大沙漠里，看风起沙涌，看日升日落，却从未想过，在那片早晨备受高温烘烤，夜晚冷风嗖嗖的沙漠村庄中生活是怎样一种难以形容的艰难。初来乍到的作者在这个物资匮乏、处处危机的荒野之地用自己对生活的热爱、对生命的赞美、对美好事物的向往，一点一滴地将如何生存，转变为了如何生活，一字之差，差之千里。在《撒哈拉的故事》里，那俏皮的文字，像挂在头羊脖子上的铃铛，丁零当啷地引着我去探索、去发现、去体会那些我从未留意的美好。

《撒哈拉的故事》里的夜晚是一副有着浓浓色彩的画卷，黑暗星辰下的五颜六色都在空中活了起来。看似荒凉，人迹罕至的沙漠也有了温情，因为它收留了听凭风停风起、安定流浪的沙子，给了细小沙粒随时停留的家。人在沙漠面前是渺小的，在撒哈拉沙漠面前，无穷无尽波浪起伏的沙粒才是真正的主人，而人，只不过是拌在沙粒里的小石子罢了，可是有了人，就有了说不出的生气和趣味。随手捡的废旧轮胎，搭上充满异域风情的花格子毯，一个舒适又艺术的沙发便做好了。海边大大小小的鹅卵石，冲洗干净铺在地上就是带着按摩功能的地板。当地小姑娘喜爱的彩色玻璃珠也是装饰生活的小物件之一，哪怕是被人嫌弃的老树根，刷上油漆就是可以看书喝茶的木艺书桌。

生命在这样荒僻落后而贫苦的地方，一样欣欣向荣地滋长着，并不是挣扎着生存，一切都是自然而然的。作者从最初的被当地人猜疑和欺负，到最后拥有好朋友、好姐妹、好学生，靠的就是那顽强的生命力，就像作者所说“我笑，便面如春花，定是能感动人的，任他是谁”。正是因为内心对生活的热情，自己的价值往往就在不经意间自然而然地被证明了。沙漠小屋子里的所有物品都是随手捡的，甚至于别人不要的，经过仔细的处理，再加上点天马行空的想象力，就赋予了它不一样的生命，并不比花大价钱买的高档家具看上去廉价，反而让住在豪宅里的邻居眼红的不行。

我在读书伊始，并不理解作者为什么要选择到撒哈拉沙漠开始自己的生活，随着笔下文字的展开，我想也许生命的过程，就是一场不断尝试的过程，无论是阳春白雪，还是白菜豆腐，都有不一样的滋味，而有幸能尝他一尝，岂不快哉！而在这看似短暂又漫长的次次尝试中，那些美妙的、难以忘却的、给灵魂留下印记的滋味，是这个世界充满希望的象征。同时也难免会有烧焦的、烤煳的、串了味道的滋味，这同样是生命的馈赠，我要做的就是接受它，感悟它，发现隐藏在其身后的美，让它一同成为我心中太阳升起的力量。

（作者单位：国网河南省电力公司物资公司）

# 读《守住底线——69封廉政家书》有感

乔彤斐

中国的传统文化中一向有“家国一体”的思想，正所谓“修身，齐家，治国，平天下”。国家的繁荣昌盛，勤政廉洁，往往从一个好家风开始，一个家庭的道德修养和风气可以影响人的一生。我作为一名共产党员、国企员工，深知在工作岗位中，克己奉公、严于律己的重要性。最近我认真阅读了《守住底线——69封廉政家书》，本书是一位兄长写给弟弟的书信体文化随笔小品。每封家书引用历史小典故说事论理，或以家事乡情等身边小事着手，字里行间又凸显出谦、廉、正、公等关键字，读起来通俗易懂，同时给心灵带来震撼。

家书是中国人维系家人情感的一种传统方式，也是传承良好品德、弘扬好家风的做法。兄长以家书的形式，给从政的弟弟讲述廉洁奉公、勤政爱民的道理，多了几分情感的寄托和家人的期望。我在这些感情真挚的家书中，从那些发人深思的廉政小故事中，读到了初心的可贵，以及防微杜渐的重要性。

首先，初心是我们人生中最珍贵的礼物。我们在前行的路上，应当时常回望过去，想想刚启程的时候所立下的崇高的志向和远大的理想，那些对自己提出的严格要求和许下的诺言，那些在党旗国旗下豪迈的宣誓。迷茫的时候，想一想当初，我们就会重新获得砥砺前行的动力和信心。《守住底线——69封廉政家书》的69封家书中，兄长除了引用了历史上的许多小典故，也列举了很多家事乡情的小事，它们都源于最淳朴的地方，既是那个陪伴我们成长的家庭和家乡，也是我们梦想萌芽的地方，品德养成的地方。来到社会之后，我在自己的工作岗位上，也常时时想起父母的美好期许，师长的耳提面命，好友的金玉良言，领导前辈的谆谆教诲。书中在《在欲求上要作减法》一节中提到：“母亲一个大字不识的人，也能明白物质的享受是有限度的，精神的获得才是人生最大的丰收。”这些最诚挚的叮嘱，对我来说是非常珍贵的财富，因为它们总是提醒我不忘初心，牢记使命，让给我回到最初的起点，想想未来的路。

人生长路漫漫，守住底线的最好方法，就是防微杜渐。《守住底线——69 封廉政家书》兄长为弟弟讲述了很多小故事，从中可以总结出“守住底线”的一个最重要的关键点，那就是“防”。防什么？很多时候，我们不是需要防那些大张旗鼓的大动作，而是要防那些微不足道的小细节。所谓“千里之堤，溃于蚁穴”，底线的失守，未必是一击即溃，而是一点一滴地退守，最后溃不成军，无力回天。生活和工作中的大问题，往往都是由小问题积累而来，比如一个小小的诱惑，一次不起眼的疏忽，一时一刻的懈怠，这些问题看似微小，但是一点点慢慢地累积起来，就可能铸成大错。在《亲戚的牢骚》这封家书中就提到了这样一个例子，说答应了亲戚的事情，迟迟没有落实，弄得亲戚经常唠叨，这些话传来传去可能会变味，落下话柄，对自身、对家庭、对个人形象都会造成很不好的影响。本来只是一点小牢骚，因为迟迟拖延就可能变成危害重大的话柄。所以，生活和工作中那些越不起眼的事务，其实越需要我们提防，因为它们不像大是大非那样可以给你猛然敲响警钟，而是一点一点地麻痹，悄然无声地侵蚀。因此，防微杜渐需要从平常小事做起，时刻加强思想道德意识，严格遵守操作规范，坚持职业原则。很多大问题的发生，都是从一个个小问题开始，比如嫌麻烦、怕辛苦 、不好意思、差不多，诸如此类都是那些不起眼的小祸根。

《守住底线——69 封廉政家书》注重以优秀传统文化启发官德和家风的培养，每一封家书都有丰富的内涵和真挚的感情，值得我们反复品读，细细品味。

（作者单位：国网河南省电力公司管理培训中心）

# 艺术创作中的女性与美

赵海娜

中国古典诗学以温柔敦厚为宗，乐而不淫，哀而不伤，与美学上的中和之美，是互为表里，相互渗透的。传统中国人以和为贵，以中为美，反对一切极端倾向和偏激观点，认为极端和偏激的言行，都有悖于中和，有失温柔，因此不美。诗歌题材上，春江花月夜最适合于诗，不仅因为它们美，也因为它们有温柔敦厚的特点。比如，一年四季中，春秋适合于诗，冬夏二季或者温度太低，或者太高，不合适于诗，因此古代中国诗人写冬天的雪景，往往用春天的温煦来调节它，岑参写大雪飘飞用“忽如一夜春风来，千树万树梨花开”，写夏天的炎热，用冷色调来冲淡，杨万里的名句“梅子留酸软齿牙，芭蕉分绿与窗纱”就是一个典型例子。

中国古典诗学的温柔敦厚，强调自然韵趣，含蓄蕴藉，言有尽而意无穷，这三大基本特征都与女性气质相吻合。女性的柔情和娴静与温柔敦厚的理想品格正相吻合，都以柔婉为基本特点，媚态与韵趣与诗学上追求趣与韵相吻合，女性的含蓄委婉契合了诗歌的含蓄蕴藉。

为什么会这样呢，由于早期中国人的审美意识与女性的魅力有关，因此形成的审美观念也就有女性化特点。甚至将美与女性等同起来，美的就是女性的，女性的就是美的。《说文解字》好的注解“好本谓女子，引申为凡美之称”。在古代文献中，好即美，美即好，好与美常常互文使用。因此，汉语中有美好、美满含义的词，大多以女为偏旁。当然，也有不少以女为偏旁的字词，含有丑恶、奸邪的意义，这与传统中国人对女性这个美丽的“尤物”的矛盾观念有关。

这种把美与女性等同起来的观念，非仅中国如此，在世界民族中也普遍存在。在古希腊，美神、爱神、艺术之神塑造成女性形象。其实，男子何尝不美，但男子的美往往被其自身其他的特质所遮掩。心理学家认为，女子的主要特质就是美，男子的主要特质是力，从美术家、雕塑家创作的男子形象，更能感受到这一点。

下面我举个例子看看诗歌的国度中怎么用女子的形象，用女性的美来写各种情境的。故事的主角不是很有名，但这首诗篇却很有意思。越州（今浙江绍兴）唐代诗人朱庆馀，年轻时到长安应进士试。按照惯例，带了自己的诗文前去。当时读书人应试前，可以将自己的诗文送呈朝中贵显，请他们向主考官推荐，称为“行卷”。朱庆馀把行卷送给著名诗人、官任水部员外郎的张籍，请求指教。张籍从中选出26篇好诗，放在身边向人推荐。经过这番包装宣传，朱庆馀的声誉鹊起。宝历二年，朱庆馀参加科考，虽然舆论看好，但终究能否考上，心中不免忐忑，便写了一首七绝《闺意献张水部》，诗这样说：“洞房昨夜停红烛，待晓堂前拜舅姑。妆罢低声问夫婿：画眉深浅入时无?”诗意是：一对新婚夫妻成家的第二天早晨，妻子等待着到堂上拜见公婆，她打扮了一番后问丈夫：画的眉毛是不是合乎时尚？这篇诗用比喻的方式婉转表情达意，自比为新妇，以夫婿喻张籍，舅姑就是公婆，喻主考官，向张籍探询自己的诗作是否符合主考官的口味，也就是能否考上。张籍理解他的心情，为了鼓励他，随即回赠一首《酬朱庆馀》。这首诗同样写得婉曲而巧妙：“越女新妆出镜心，自知明艳更沉吟。齐纨未足时人贵，一曲菱歌抵万金”。朱庆馀是越州人，所以把他比作越女，张籍用诗歌告诉朱庆馀，你的诗艳冠群芳，放心考吧，一定能考上。朱庆馀的赠诗巧，张籍的答诗妙，珠联璧合，朱庆馀当年果然中了进士。

所以，女性是艺术创作的灵感源泉。艺术作品中女性出场频率远远高于男性。因为女人就是美人，女性就是美的呈现，艺术为了展示美，就必须要以女性为题材。果然如朱自清先生说的那样：“最宜于艺术的，物中有杨柳和燕子，人中便有儿童和女子”。

（作者单位：国网河南省电力公司管理培训中心）

# 永不褪色的美

## ——读《缺失的优雅课》有感

陈　沛



初春，又到了桃红柳绿、姹紫嫣红的季节，在公司一个重要的会议中我被安排去做讲解员。筹备期间被特别提醒：女同志都要按照春天的标准穿上自己最绚丽的衣服啊。可是回家翻找，未果。衣橱里完全是黑白灰，沮丧至极。第二天在阅读工作室中随手翻到了一篇应景的文章《习惯黑白灰的你，要给这个世界一点颜色看看》。看完了这篇关于颜色的文章，又随手翻了书的其他章节，才知道这本《缺失的优雅课》并不仅仅讲穿衣打扮，更多的是讲一个女人如何由内而外地优雅和独立，坚定而富足地做自己。

### 沉淀出的芬芳

一个精神富足的女性，必定要有自己的爱好和事业。我一直都觉得女人首先得是自己，然后才是女儿、妻子、母亲。反之，如果只把男人和家庭当做生命的全部而忘掉自己是一个女人时，结局往往是悲哀的。而且事实也告诉我们：一个人爱你首先是爱你这个人，可是如果你连自己都弄丢了，别人是不会爱你的躯壳的，也许他的人并没有离开你，但那也只是因为感恩和责任。所以，拥有富足的精神世界会让我们成熟、睿智、充实、快乐，而这些却恰恰是通往优雅殿堂的阶梯。

做自己，还有一个前提，就是能够耐得住寂寞。放眼当前世界，很多女性把自己活成了一条藤，寄生在别人身上，儿时是父母，上学后是同伴，然后是恋人，结婚后是老公，再往后是孩子，永远都不能一个人生活。书中说：“一个女人的生命最终将以什么样的方式绽放，取决于她对孤独的接纳程度。”那些能坦然享受生活中的每一面，无论是成功还是失败，都更有资格称得上是优雅的女人。

## 爱出来的不卑不亢

书中说，“如果把爱情比作一场满分为十分的考试的话，优雅的女性是不会去追求满分的爱情和婚姻的。因为在爱的世界里，优雅的女性需要把两分留给自己，一分用来塑造美丽的外表，一分用来充实优雅的内心，她们爱得深情而不纠结。”

而当前好多女性却是生活中的检验派，用不同的方式来考验对方，检测自己地位的重要性。每每看到这种情形，我总会不由自主地同情她们，请不要用这种考验的结果来质疑两个人的感情，因为在爱情的世界里，你或许是他的唯一，但是在生活中，你却永远都不可能保有唯一性。

曾经有一个脑筋急转弯特别经典，问：长在土里面的土豆怎么和挂在枝头的西红柿走在一起呢？有人给出答案：土豆炸成薯条，西红柿做成番茄酱，让它们成为最绝妙的搭配。其实在爱情的世界中也是这样，根本就没有生来就完全对等的两性关系，所有走到最后的完美婚姻都是包容和改变的结果，不强求对方做出完全的改变，而是和对方一起改变，一起成长，为了营造那个温馨的家庭的氛围，和对方一起努力。

当下的社会对女性的要求越来越高，既要求她们外表光鲜亮丽，身材挺拔美好，又要求她们事业有所建树、内心宽广坚韧，在这种种的要求之间是女人们的彷徨无措和对岁月流逝的惶恐不安。学会放平心态来看待生活：谁都无法阻挡青春的容颜随着岁月的脚步而渐行渐远，但是“优雅”的气质却是时光中唯一永远不会褪色的美。做一个内外兼修的女子，拥有自己的生活、自己的爱好，能够耐得住寂寞欣赏独处的美，用包容和发现的眼睛对待伴侣和爱情，或许我们就能把这永不褪色的美留在身边，融化在自己的气质里。

（作者单位：国网河南省电力公司管理培训中心）

# 湖畔清简　木屋生暖

## ——《瓦尔登湖》读后感

付红艳



第一次，先将序言和作者小传读个通透才翻开正文第一页；第一次，在开头感觉晦涩时依然能够不间断读下去；第一次，每天都选择固定的时段，在静谧的夜晚细细品读一本书；第一次，不得不忍受手痒的难耐抑制住写批注的冲动。我确切地知道，这是一本长在了我心里的书。坐在夜幕包裹下的书房里，目光在纯净、悠长的字里行间缓缓行走，总会有一些花朵般绚烂的灵光突现迫使我停下来，握起手边的笔，捡拾这浸润心灵的文字，挪移到笔记本上，在一笔一画的书写中更加细致地回味。

这本书的书名是《瓦尔登湖》，作者亨利·大卫·梭罗。

1845—1847年间，梭罗在瓦尔登湖畔修建了一间小木屋，独自生活了两年，一边劳动一边研究，写下了20篇自由随笔，每一篇都有令人拍案叫绝的段落，或是对自然的精彩描绘，或是对人文的智慧审视，或是对世俗的巧妙揶揄，而我最喜欢的是《阅读》和《湖》。

《阅读》一文中，梭罗这样描述："古典作品几乎和黎明本身一样优雅，一样完整，一样纯美；因为后来的作家，不管我们怎样去描述他们的天才，很少能比得上古代作家精心刻画出来的完美与优雅，以及毕生崇高的文字劳动。"他如此盛赞优美的古典文学，在他当时所处的那样一个众人争相推崇奢侈品、追求华而不实的社会里，无疑是受世人排挤的，这也是他的《瓦尔登湖》在那个时期得不到欣赏和宣传的主要缘由。通读这本书，更让我惊讶的是，这位西方的名家，在他的文章中频繁引用诸如《论语》《大学》《中庸》等中国古典作品，而且信手拈来，恰如其分地与他的论点相吻合。相信这让很多中国读者感到羞愧——毕竟，我们自己对祖先的优秀文化传承还处在较低层次，甚至在物欲横流的当今时代逐年倒退，我们的孩子在电子产品充斥的同时，也在考究的生活中慢慢忽略或遗忘那些精炼美好的文字和精神。

《湖》是整本书的核心，阅读的时候，我不愿意放过任何一段描写，甚至每一个标点符号，因为我怕自己从中错过作者在湖边思索时流露的对于瓦尔登湖的热爱，对于小屋的热爱，对于山林的热爱，对于林中小动物的热爱，对于大自然万物的热爱。在他的笔下，有湖水色彩的渐变之绚美，有湖下鱼儿的游弋之动美，有湖潮涨落的静动之焕美，每一处都渗透着简朴乐观的情操。表面上看，梭罗是一个偏于刻板严肃的人，在他心目中每一事物都散发着光辉，代表着整体的秩序和美，他决定研究自然史也纯粹是天性使然。他对湖边花卉和鸟儿的好奇心是发自心灵深处的，但却从来不去试图定义大自然的含义，以至于他对于瓦尔登湖的比喻竟是如儿童般朴实纯真："湖是风景中最美丽、最富于表情的姿容。它是大地的眼睛，湖边的树是细长的睫毛，而四周郁郁葱葱的群山和悬崖，是浓密的眉毛。"多么可爱和形象！一字一句无不显露梭罗对瓦尔登湖的无限亲近、对乡野自然的无限宠爱。

湖边隐居式的生活，生活简单到一日三餐，简单到最后的财产仅有明亮的湖水和日月星辰，但对梭罗而言很天然、很适宜。《瓦尔登湖》用大量的笔墨描绘自然，但也不乏分析生活、批判习俗之处，见解独特，耐人寻味，它更鼓励人们简化生活，将时间腾出来探求实实在在的生命过程，体验与经历有意义的人生，让有限的生命如月光一般明亮而内敛，平静却非凡。梭罗心灵的罗盘始终固执地指向简单和质朴，充满了智慧的文字像潺潺流水般清澈流淌；木屋虽极其简陋，他的思想火花却温暖了屋内每一个角落，也点亮了读者对自然的归属感和敬畏心。

湖畔的沉心思索，20 篇自由随笔，犹如清澈湖水中的 20 颗珍珠，低调静美，圆润丰满。我无心占有，只愿透过纯净的湖水，带着敬意远远欣赏木屋在清澈涟漪下光影微泛，内心生起浓浓的暖意。

（作者单位：国网河南省电力公司管理培训中心）

# 静水深流　智者不语

## ——与唐代大诗人的对话

朱　敏

作为一介女流，生活在商品经济发达的今日，很容易被红尘所淹没，被繁杂的思想所左右，容易被物欲所控制，本人几度挣扎在人生的十字路口，左还是右？选择随波逐流还是独善其身？最后发现不再研究什么方向了，每天在空余时间，躲在小书房里，把喧嚣的尘世关在外面，自己泡一杯清茶，看一本中华古典名著，与高尚的作者对话，这样不仅消磨时光，而且提高了自己的学识与修养，这是多么惬意的事啊！

翻开《唐诗三百首》，行行诗句从眼前流过，似乎见到了李白杜甫白居易王维一一从眼前走过。

杜甫在《赠卫八处士》中写到“昔别君未婚，儿女忽成行。明日隔山岳，世事两茫茫。”让人无限感慨人生苦短和世事难料。在七律绝唱《登高》中，更有“无边落木萧萧下，不尽长江滚滚来”的深秋萧瑟，人心惶惶的场面。我看着犹如看到了安史之乱中民不聊生的惨相。

李白在《夜宿山寺》中写到“危楼高百尺，手可摘星辰。不敢高声语，恐惊天上人”，尤其后两句想象奇特，不愧“诗仙”的伟大称号。而在绝句《下江陵》中写到“两岸猿声啼不住，轻舟已过万重山”，更以写景言志，李白结束流放生活，返回江陵，告别昔日如猿惨叫的不堪回首的生活，回到繁华美丽的江南，去过快乐的生活。想想诗人当时的心情，正如孟郊在《登科后》中的“昔日龌龊不足夸，今朝放荡思无涯。春风得意马蹄疾，一日看尽长安花”，即放飞憋屈的心情，一洗多年的忧郁，终于冲出樊笼的喜悦心情。

被后人称为“诗佛”的王维，他曾在《画》中写道“远看山有色，近听水无声。春去花还在，人来鸟不惊”，看似浅显易懂的两句，却说出了画的本质，画是凝固的高山，更是流水哗啦响的水流的瞬间静置。这首《画》也许是自古以来诠释画画意义的经典之作，绝对是无后人能及了。王维在《杂诗》中写道“君自故乡来，应知故乡事。来日绮窗前，寒梅著花未?”看似寻常问候，实则不经意流露出诗人对家乡时时记在心上，同时表现出诗人千里之外对家乡对家人的思念之情，使人们感到：生活不止只有苟且，更有诗和远方。王维的诗中有画，画中有诗，诗中有禅，有对人生、对社会、对世界的深刻感悟。人不过天地的过客而已，无限景色也不过是过眼云烟，稍纵即逝。人唯有与天地同频融入山水之中，方能知人生之乐。当下的我们又何尝不是？人并不是天地主宰，只是一个赏景的游客，你能欣赏到自然的美和天地之奥秘，那你就会感到生命有滋有味，活得有价值了。

我欣赏着大师们的传世之作，如同听大师们的娓娓而谈，如同与大师们的对谈，能倾听到大师们的心声，听得懂他们对人生深刻的理解。

一个人，不必在大庭广众侃侃而谈，也不必与同伴说东家长西家短，能够静下来，读一些古来圣贤的杰作，真乃人生一大幸事。任时间荏苒，看花开花落，眺云卷云舒，听鸟语松涛，品佳茗清香。

静水深流，智者不语。让一生就这样无声地流淌吧！

（作者单位：国网河南省电力公司技能培训中心）

# 猫之所见

## ——读《我是猫》有感

赵秀娜

今天，隆重给大家推荐一本书！因为这本书对人性丑态的揭示，实在太狠辣，太犀利了。更神奇的是，这本书的主角是一只猫，对人性种种丑态的揭示，是借用一只猫的视角。它就是日本“国民级大作家”——夏目漱石的代表作《我是猫》。当年力图用文字唤醒国人的鲁迅，在看过夏目漱石的作品后一下就被征服了。在鲁迅看来，这是一本堪称当世无双的神作。他热情地赞美这本书是“明治文坛上的新江户艺术的主流，当世无与匹者。”

夏目漱石在日本的地位，有点像鲁迅在中国的地位，鲁迅是中国的国民级作家，而夏目漱石则被奉为日本的国民级大作家，他的头像被直接印在了日元上，而且，夏目漱石是日本有史以来第一位被印在日元上的作家。日本《朝日新闻》曾做过一个投票选举，谁是一千年来，日本最受欢迎的文学家？夏目漱石一人拿下了将近五分之一的选票，当仁不让地成为第一名。远远超过了《源氏物语》的作者紫式部，以及拿下诺贝尔文学奖的川端康成、大江健三郎这些文学巨擘。

日本人为什么这么喜欢夏目漱石？我觉得，那是因为夏目漱石实在太会揣摩人性了！他时常用针针见血的文字，把人类的劣根性暴露无遗。以至于任何人看完他的文字，都会忍不住去审视自己的灵魂！村上春树就说，夏目漱石的文字有股子能动摇你灵魂阴暗面的力量！鲁迅对夏目漱石的热爱是贯穿一生的！他经常乐此不疲地向人热情地推荐《我是猫》，直到去世前，鲁迅也还在委托朋友帮他购买《漱石全集》！

顾名思义，这本书的主人公是一只猫。它住在一个名叫苦沙弥的教师家里，无名无姓，无所事事，整天白吃白喝，怎么看都是只无比普通的家猫。但这只猫，却是在这个世界上，唯一见到会紧张，会窘迫，会不知所措的猫！因为在它面前，任何人都会有一种被看透扒光的感觉！别看它每天只是在懒洋洋地打量着苦沙弥和他的那些朋友，但透过它那双猫眼，每个人的人性底色，都被它瞧得一清二楚。而且，这只猫还时不时会对这些人性丑态大加评判，见解犀利狠辣，用词针针见血，简直就像是鲁迅附体！也难怪鲁迅会那么推崇，喜欢这本《我是猫》，在这只同样将人情人性洞察得无比透彻的小猫面前，鲁迅一定有一种遇到了知己的感觉！在这只猫眼里，苦沙弥和他的朋友们，就是它研究世间牛鬼蛇神的最佳教材。它每日听着他们高谈阔论，看着他们指点江山，但内心却往往对这些人嗤之以鼻，甚至毫不留情地大加讽刺！这些句子犀利讽刺，让小狗看完直佩服它的毒舌和幽默！

它讽刺苦沙弥记日记的习惯是：像主人这种表里不一的人才需要写日记，以便在暗室中展示一下自己那不可告人的本来面目。至于我们猫族嘛，行住坐卧、拉屎撒尿等种种行为就是真实日记，所以没必要费那么多工夫把自己的真面目保存起来。

它讽刺一门心思赚钱的企业家金田是：金田这家伙，不就是长了眼睛鼻子的钞票吗？说得精辟些，他只不过是一张活钞票而已。有时，它也会根据苦沙弥和朋友的聊天，对人类社会的丑象弊态发表一番犀利的言说。

它讽刺恶人的寡廉鲜耻：世上有些人，明明做了坏事，却始终以为自己是个好人。坚信自己无罪，才可以活得轻松自在。

它也讽刺小人的虚荣物质：大家都穿上衣服，于是人类就变成了穿衣服的动物。可一旦变成穿衣服的动物之后，突然遇到裸体动物时，就不再将其视为人类，而视为野兽了。

它还讽刺当权者的傲慢自大：银行家天天帮别人保管钱，管久了就当成是自己的钱了。同样，官员只是人民的公仆和代理人，但代理久了，竟然也变得唯我独尊起来。诸如此类针针见血的金句，在书中不胜枚举。

这些句子有趣又尖锐，是人间种种荒唐，将人性种种丑陋解释得体无完肤！这只猫实在称得上是“猫界鲁迅”。

其实，正如鲁迅所有的批判，都只是希望能唤醒这个民族一样。猫君所有的犀利讽刺，也不过是希望人们能够借由它的讽刺，去深刻反省自我，认清自我。就像它最后说的——“无论是人类还是动物，认识自己是一生中最重要的事。作为人类，只要能认清自己，那么就能得到猫儿的尊重。到那时，我会立刻停笔，不再写这种尖酸刻薄的消遣文字。”

写下了《我是猫》的夏目漱石，被称作是“近代日本的恩人”“日本人的老师”。无数人借由这只猫的视角去重新审视自己，认清自己，并改变自己。这本书也是超级经典，属于“此生必读”系列，已经有 100 年的历史。而且随着国民养猫的大潮流，越来越火爆。所以，就像任何时候读鲁迅都不会晚，任何时候去读《我是猫》，也将是一件受益无穷的事情！

（作者单位：国网河南省电力公司技能培训中心）

# 浮生如梦，心求自在

## ——《浮生六记》读后感

赵　晶

“若布衣暖，菜饭饱，一室雍雍，优游泉石，如沧浪亭、萧爽楼之处境，真成烟火神仙矣。”前年学校举办的教职工读书分享会上，随意选读了毕淑敏的《带上灵魂去旅行》，阅读分享过后，便得到了这本作为奖品的《浮生六记》。

老实说，这本书至今我也没有读完，因为查阅了沈复最后和陈芸的结局并不美满，所以不大想看到故事的结尾。可为什么如今又拿出这本书来写读后感，究其原因有三：其一是家中再没有其他适合的，能让我读而有感的书了；其二是这本书讲了生活，而我所经历的生活也确确实实给心灵与自我带来了成长；其三是因这本书讲了沈复和陈芸的故事，我也确有喜欢看历史人物八卦的喜好。

所谓找不出读而有感的书，并不是夸赞自己饱读诗书，而恰恰反映出自己读书的匮乏。遥想从前上学的时候，每天都会阅读各种书籍，写起作文来也是随手就能拎出几个典故论上一论。可如今，有了工作和家庭，有了智能化的电脑手机，就再也想不起来去读书了。每每有了想要潜心阅读的冲动，就会跑到学校图书馆去借上许多书，满心期待地将他们摆在办公桌上，甚至还有些因显示出了自己的“博览”而生出的洋洋得意。可还没翻几页，还没看几天就开始暴露出了怠惰的本性，直到三个月后的蓦然回首：发现借阅时间已到，而自己却一本都没看完。

而这本浮生六记却因不是借来的书而让我对它产生了别样的“青睐”，不知不觉间竟也看了大半。这做工精良的纸质图书拿在手上确实有种别样的质感，这半文言的字里行间也让阅读时的心境放慢了节拍。

生活有时确实需要放慢节拍，心也同样。尤其是在一些大是非、大挫折面前，再带着浮躁和性急冒冒失失地冲进去，必然会挫败得遍体鳞伤。正所谓“色不异空，空不异色，色即是空，空即是色。”时刻保持顺境不喜，逆境不忧的心态才能在这世上得到大自在。正如这文中的芸娘，事事时时都能保持着平和乐观的心态，也正因为此，她被林语堂慷慨地称赞为“中国文学史上最可爱的女人”。

“好看的皮囊千篇一律，有趣的灵魂万里挑一。”纵观古今，拥有美貌的女子很多，但拥有有趣灵魂的美女却并不多见。都说《浮生六记》写的是沈复和芸娘的闺中趣事，但我却觉得这书也在反映他们生活的同时给广大女性传递了一种积极乐观、活泼智慧的价值观。历史人物的八卦总要有正能量的价值观才值得让人“以史为镜”，虽说芸娘在历史上并不如四大美人和贤良皇后那般出名，若没有《浮生六记》，她只能在历史上寂寂无声地离我们远去。但幸好，她遇了良人，我们才得以借助这本文学作品看到了她有趣而又豁达的灵魂。而沈复，也恰恰凭借了这本爱妻攻略，在历史上站稳了脚跟。

夫妻二人本就是一荣俱荣，沈复和芸娘二人可谓是共同成就了对方。沈复虽然出身诗书之家，但是他并未一心渴求官宦仕途。他性情豪放，生活随意，不受世俗的束缚，拥有与众不同的精神情趣和审美，世界观开阔而自由。芸娘虽然出身贫寒，却聪慧多情，贤淑多艺，既能与丈夫琴瑟和鸣，谈论诗文、寄情山水；能在平凡的生活中，共享人生闲情与欢乐，亦能在坎坷和辛苦中，与丈夫共赴险境，共同面对生活挫折。浮生中虽没有二人特别惊心动魄的经历，却让人感受到，夫妻二人深切的情感和深邃的精神共鸣，以及他们面对困境超脱淡泊的精神气质。

最爱看他们林间观景、泛舟登山、煮酒品茶：“木犀香里，一路霜林，月下长空，万籁俱寂”“是夜月色颇佳，俯视河中，波光如练，轻罗小扇，并坐小窗，仰见飞云过天，变态万状”“是时风和日丽，遍地黄金，青山红袖，越陌度阡，蜂蝶乱飞，令人不饮自醉”。这作为平凡人最真实细碎的生活场景经由沈复细致入微的描写宛如近在眼前，令人感同身受。

浮生六记中的“浮生”二字或出自于李太白的“夫天地者，万物之逆旅也；光阴者，百代之过客也。而浮生若梦，为欢几何？”虽然浮生两字代表了以前的时光一去不复返，就如同梦一场，但我想沈复在芸娘过世后写这篇文章的时候，心中定还是开心与满足的。

毕竟，这世间本就没有天长地久，能够曾经拥有芸娘这般灵魂中带有香气的女子，已是他的善缘与福分了。

品书犹如品茶，读人亦如审己。浮生带给我们的定然不会只是别人的风景，这字里行间的意境，值得慢慢体悟。

（作者单位：郑州电力高等专科学校）

# 学习生活中那些平凡的感动

## ——读《我和我的祖国》有感

张媛媛



“我和我的祖国，一刻也不能分割，无论我走到哪里，都流出一首赞歌……”这首经典旋律最近时常被我哼唱，只因看了电影《我和我的祖国》。当时觉得意犹未尽，还专门把出版的同名图书找来多次翻看。这部作品对我来说不仅是一次爱国情感的洗礼，更是一次震撼心灵的教育，让我明白新中国成立和繁荣发展是多么不容易。爱国不只是口头说教，对国之爱应深入骨髓、融入血液，如影片中那些英雄一样，在自己平凡岗位上默默无闻地为国奉献，做好每一件小事，用言行守护祖国。

我们要像林治远一样有颗爱国的责任心。为保障开国大典国旗顺利升起，林治远争分夺秒排除万难，并在千千万万参与开国大典的工作人员和人民群众齐心协力下，克服一个又一个难题，终于保障五星红旗顺利飘扬在天安门广场上空。林治远说过他恐高，但是也只有他能焊接，在这种矛盾的情况下，他说“为了国家，这点高度算什么”。他放下自己的恐惧，徒手爬上天安门前的旗杆顶处，出色地完成了焊接任务。这一切的一切源自对祖国的爱，对事业的责任心，他所做的一切只想为祖国尽一份绵薄之力。

我们要向国防科技战线的科研工作者高远同志学习，拥有一颗默默的、无私奉献的爱国之心。高远承担的是原子弹研发工作，由于此项工作高度机密，他三年未与家人联系，家人甚至不知他的去向，同事之间几乎也互不知名。在一次试验发生意外后，他冒着生命危险逆人群而上，徒手去操作设备，最后因核辐射严重而离岗住院。当医护人员告诉首长，高远的情况不乐观，建议通知家属时，首长说：“在这里工作的人三年都没有和家人联系过，包括我。”听到这句话，我的心微微一震，这对他们家人意味着相见无期，或者永不相见，甚至魂归故里，都不能向家人解释原因。

当核试验室危险情报拉响，大家紧急撤离，他却决定冲回去的时候，已经把生死置之度外，他一心只想尝试解除危险，挽救同事，将国家损失降到最小。他想的，他做的，恰恰是我们大多数人做不到的。然而，他不怕死亡，却害怕相认。当公交车上偶遇昔日恋人，他退缩了，他知道自己生命有限，他知道自己使命未完，他知道这一见也许就是永久的别离，所以，他不敢相认。在国家大爱和情侣小爱之间，那一代科研工作者纷纷选择了前者，于是人生从此只有相遇，没有相聚。

高远这一类工作者是“事了拂衣去，深藏功与名”的典范，也许很少有人能记住他们的名字，但是他们却无悔奉献。对他们而言，能为祖国效力、为祖国牺牲是一种无上荣光，是一种骄傲。而这种精神，正是我们需要学习的，特别是作为青年党员。

《夺冠》《北京你好》这些篇章，很多人觉得和爱国关系不是很大，其实不然。大街小巷的人们放下手中的活儿，齐聚到唯一的电视机前收看中国女排夺冠，这就是爱国情感的展现；小男孩为了固定天线、保证大家顺利观看比赛，却和小美错过的时候，他小小的身影却变得无比威风凛凛；普通的出租车司机张北京因自己拥有北京奥运会开幕式门票而感到无比自豪，并到处炫耀，想把这作为儿子的生日礼物，然而为了四川这位失去父亲的小男孩，他狠心让出了这张珍贵的门票……这也许只是一件件不起眼的小事，但如果每个人都像他们一样在平凡的小事中传递温暖，那我们的国家才能更加美好、更加强大，祖国才会更有温度。

我们要向《回归》篇章里的主人翁们一样，注重细节，守住底线，维护祖国利益。香港回归祖国是我们一百五十多年的等待，我们无法多等一秒。谈判专家们为了祖国这一秒，态度强硬，绝不退让，守护祖国尊严；旗手们为了这一刻已经训练了许久，确保一步不错，四十三秒钟国旗必须到顶；警察们守护香港平安，在零点准时更换帽徽；气象人员在多年前就开始预估回归这天的天气……所有人都在一丝不苟、尽职尽责，在平凡中捍卫国家利益。

最后一篇《白昼流星》讲述的故事，正是中国无数驻村干部、扶贫干部们为帮助群众、为祖国发展鞠躬尽瘁的缩影。他们用爱去关心身边的人，他们用善良原谅谎言，他们给无数人带来希望……正是这些“村长”的存在，我们的祖国才得以欣欣向荣。他们，就是我们最朴实的榜样！

“我最亲爱的祖国，你是大海永不干涸，永远给我碧浪清波，心中的歌……”祖国，你永远是我的骄傲，我愿尽我微薄之力，守护您，爱护您，不忘初心，砥砺前行。

（作者单位：郑州电力高等专科学校）

# 于简单处生发美好

## ——读《越简单，越美好》有感

李昭静



作为一名教师，最适合用“寒来暑往”来丈量日子的飞逝。一个个忙碌的学期，被散落在结束后的寒暑假装点得简单而美好。这样的日子，旅行是标配，名胜古迹、自然风光、风土人情，让身体流连忘返；这样的日子，读书是标配，因为总有方方面面的原因制约了自由的脚步，读书，让心在路上，用心丈量世界……或许是周围人的影响，或许是年龄的增长，近来慢慢喜欢看一些轻松、简单的书，舒缓精神、了慰心灵，于四十不惑中，寻求平凡人生的真实价值。

2020年的寒假，遇到了一本合心思的书——《越简单，越美好》，是一本介绍北欧极简主义生活的书，这种理念能使人获得丰盈自足的人生快乐，一本地道的慢生活书。最近几年，全世界都在关注北欧，起先是高福利社会制度的表象，让人们趋之若鹜；慢慢观察到教育的领先与本真，让人们神往；到如今，全世界都在认同北欧人的生活方式，也在预测，北欧的简约生活方式，将会是世界的大趋势。

### “一花一世界　一叶一菩提”

作者罗敷曾在2015年出版了《这么慢，那么美》一书，她在北欧生活了十几年，用女作家的细腻笔触，以慢生活为切入点，可能与国内中层阶级普遍的焦虑、压力生活形成了鲜明的对比，该书跻身亚马逊2016年十大畅销书榜。而作为姊妹篇的新作——《越简单，越美好》一经问世，就引起了很多读者的兴趣，作者在自序开篇说：“人的欲望是无穷的，而我们的生活是有限的。如何在有限的生活里安排下心中的乾坤？佛说：一花一世界，一叶一菩提。东方人提出了这一哲学，而北欧人实践了它。”这里没有上流社会，只有主流社会，社会稳定、经济发达，人们怎能活的如此淡泊？是怎样将这种境界点点滴滴地渗透在生活的方方面面？在这样的社会中，给予成长中的孩子，怎样的观念与秩序？心中充满好奇……

## “由繁入简的断舍”

作为70后的我们，应该是伴着改革开放长大的一代，生而逢时的机遇，让我们随着年龄的增长，实现了物质生活的逐渐丰富，朋友间常常充斥着“选择焦虑”的论调，繁花渐欲迷人眼的尴尬比比皆是。随之而来，浮躁、价值感下降，好像物质越多，我们越难获得心里的满足，许多曾经追求的欢愉，好像离我们越来越远了。书中的一句话，给了我一些启发：简单的生活背后，往往蕴含着生命轨迹的丰富底蕴：绿色出行、健康饮食、勤俭节约……作为一名教师，收入待遇不高，可能离这种简约的生活更近，这种简约，不等同于清贫，激发人“少而精”的潜意识，在精简的过程中，发现自己更明确的需求，目标变得明确，生活变得清晰……我们智慧的老祖宗也很早就懂得人生进退尺寸间的道理：没有规矩，不成方圆！临近开学了，在筹谋计划中，纠结、取舍如浪花拍岸，何不大道至简，追求核心问题的解决呢？这应是一种简约，在计划落实中追求自由！

简约生活一定是奋斗以后懂得取舍的生活，更积极的生活态度、更入世的生活方式，更懂得取舍的人生。

## “活在当下的从容”

漫步在雪地，让你不由得思绪万千。人常说，人不如意事常八九，可与人言无二三！生活中，我们有着各自难与人言的烦恼，每一个问题的解决，每一点零散的进步，散开来，是繁星点点，但当你有一天做成了，生活馈赠给你的，便是炫目的星空！我缺少了一份与自己的管理，这种管理从简约开始，简约，能派生从容！

从记事起，追求美丽的意识和内心骚动一直处于狂热之中，可偏偏又生在一个美食的国度，吃的诱惑以一种高磁性的状态，呈现在日常生活之中。突然有一天，发现吃不仅仅维系食欲美好这一点时，与吃有关的内涵需要简约了。“如果一个人，不用为吃操心，不用每天为吃而发愁，那么毫无疑问，生活会简单一大半!”四十岁以后，是应该改变生活方式了，年纪越长，离生命的本质越近，生活的改变，或许可以从食物管理开始……

让生活回归生命的本质，高度的自律是高质量生活的基石：

一种规律的生活方式——有计划的生活，可以帮你过滤80%不必要的社交……

一个广泛阅读的习惯——精神的滋养，让心灵更自由……

一盘好而优质的食物——食物首先与生命有关，精致从食物的选择中换取……

一份好心情的体重管理——女人永远和美丽有关，美丽永远和体重相伴……

尼采曾说过：每一个不曾起舞的日子，都是对生命的辜负！伴着一场珍贵的大雪，两天读完的一本书，语言通俗易懂，读得轻松愉悦，又了解到一样日出日落中，截然不同生活着的人们，只为新的一年，给自己建构一些对生活的新认识：生活中的美好原本不是物质，不过是一份份简单到细致的不同感悟，这些点点滴滴的小事，都是自我进步的基石！心中暗喜：于简单处生发生活的美好、人生的美好吧！

（作者单位：郑州电力高等专科学校）

# 直面苦痛，有备从容

罗丹羽

最近，“书香国网”新推荐了一本书《生死之间：当我们与疾病和死亡狭路相逢》。起初是因为疫情才点开，读下去才知道，它不仅仅是多个真实故事的罗列，更能让读者思考如何更有意义地活着，以及如何与“不幸”相处。

网络上有段话：“世界安静下来，你才能听得到心跳的声音。经历过生死与突如其来的变故，你才能体会生活的真相。疫情不仅改变了社会，也正在改变你对世界的态度。如果说，灾难已经无法避免。那么，这段时间，就是中国人最深刻的一次集体修行。”举国上下，居家隔离，人们有更多的时间去沉淀、去思考；全民抗疫，每个人都尝试着用自己的方式去合力战胜病痛。在这个非常时期，人本性中的善与恶也更易凸显出来：有逆行者的无畏，也有“千里传毒”的无语；有普通人的大义，也有“发疫情财”的无良。连经历着疫情的孩子们，也感悟到了责任与担当，体会到了奉献与感恩。

前段时间，给我感触最深的一篇报道是：在武汉的一家医院，一位医生喂病人喝水，病人说水太烫了，一会儿再喝。话音刚落病人就去世了。生命真的很脆弱！虽说“生死有命，富贵在天”，但我们更应该学会直面它、学会坦然地去接受它的考验。所以，我更喜欢书中一个富有战斗性的观点“死亡是最终的敌人”。“我觉得那些对光的熄灭愤怒不已的人没什么好责备的”。不管这种“活得更久”的可能性多么微弱，人们难道不应该带着希望竭力寻找?!

人生充满着不可预知性，不会按照你设定好的剧本演出。在这个意义上，没有人面对疾病和死亡时会有充足的准备。难道这还不能是你从现在开始尝试去练习与之相处的方式?

作者叫“偶尔治愈”，初以为是个不知名的网红写手，在感叹了其细腻流畅的文笔后，上网查阅才知道“来头不小”，原来是知名互联网医疗平台丁香医生旗下的深度报道团队“偶尔治愈”精华结集，一直致力于记录人与疾病、衰老、死亡的相处方式。“偶尔治愈，常常帮助，总是安慰”，这句话是一位医者的墓志铭，也是偶尔治愈团队名字的来源。医生，不同于其他一般人，他们直面伤痛、疾病、死亡的机会更多。或许，正因看多了“生死之间的挣扎，畏生惧死的矛盾”，医者，不同于其他一般人，获得了提前演练如何面对苦痛的机会，更容易“看破生死”、理性面对！

人们总是喜欢用胜利、乐观、积极的故事去激励人生。尼采说过，只有知道生命意义的人，才懂得如何面对它。所以，换个视角，揭开真实和苦痛的面纱，呈现人与疾病、与死亡相遇时的惨烈，是不是更能激起对温情与生死意义的深度感悟？从而使人们获得更多行动起来的力量，减少遗憾！如果疾病和死亡无法避免，至少我们可以练习与它们相处的方式，从而更积极、健康地活着！

我们不但要积极、努力，我们更要未雨绸缪、坦然面对！

（作者单位：郑州电力高等专科学校）

# 读《牵手幸福》有感

周 华

之所以喜欢《牵手幸福》这本书，是因为此书集故事性、哲理性于一体，通过精品文章以其生动的笔触、细腻的情感、深邃的内涵、精彩的叙述，深深地打动和强烈地感染了我。在时下幸福感缺失的时代，一些人因过多的欲望迷失了自己幸福的方向，亦步亦趋地以为自己追逐的功名利禄就是所谓的幸福，所谓的快乐，殊不知已与幸福擦肩而过，渐行渐远。我们向往幸福，我们寻找快乐，我们终其一生为着一个方向而努力奋斗，那么有件事情就值得我们深思了——幸福是什么？

幸福是杯光酒箸、笙歌燕舞的独守孤独么？幸福是位高权重、高朋满座的貌合神离么？幸福是怀金抱玉、挥金如土的潇洒落寞么？

一个人的幸福不在于他拥有得多，而在于他计较得少，懂得发现与寻找，且具有博大的胸襟、雍容高雅的气度，因为生活是幸福的最好载体，幸福是对生活的最好诠释。生活如崖，当我们历尽艰辛地攀登至此时，也许有人会惊叹这高处的风光无限，但是，也会有人苦叹这幽深的万丈悬崖；幸福如花，乐观者欣赏花季的绚烂，悲观者计较花期的长短。每个人对幸福的定义都不尽相同，但大多都殊途同归。

有人说摩天轮的每一个盒子里都装满了幸福，当我们仰望摩天轮的时候，就是在仰望幸福。幸福有多高，摩天轮就有多高。当我们渴望得到幸福但幸福又迟迟没有到来的时候，不妨坐上摩天轮，等待幸福的高度。因为有这样一句话："眺望摩天轮的人都是在眺望幸福"。其实我们所要的幸福很简单，在累的时候有个肩膀可以依靠；在倦的时候有个家可以依托；在成功的时候有个人可以庆祝；在失败的时候有个人可以提供支持……

幸福，是可以依偎在母亲怀抱里的耳语撒娇；幸福，是可以牵手闭目过马路的信任踏实；幸福，是可以跨越变故、超越生死的相濡以沫……幸福是一种满足感，是一种踏实感，它不沾铜臭，无法用天平去称金度量。

时下网络上很流行这样一句话：“宁可坐在宝马车里哭，也不坐在自行车后笑”。在这物欲横流的当下，幸福感的缺失，快乐又能有几何？如果说幸福可以和金钱画上等号，那么会不会觉得以这种物质权欲换来的幸福很悲哀？

幸福，其实可以很简单。幸福可以是严冬的一床暖被；可以是雨后的一杯热茶；可以是游子身上的一个针脚；可以是异乡异客的两相牵挂……

幸福是一种快乐，是一种思念，是一种祈愿，是一种信仰，是一种感动，是一种态度，是一种生活方式，甚至是一种激励，一种磨炼……也许有时候，幸福的定义很模糊，但是有一点是共通的。不管你是否知道自己是不是幸福的，只是这一刻，你的嘴角会自然地扬起，露出会心的笑容。

幸福其实就在你的身边，因为太靠近，太平常，所以容易被忽略、看不见，然后迷失了，茫然了，觉得自己会不会不幸福，患得患失。殊不知在你自暴自弃时，又有多少人为你伤心流泪、担惊受怕，但是他们不能走近，只能远远地看着你，躲在你看不见的角落，全心全意地相信着你，为你默默的祈祷、默默的祝福。因为在生活这条道路上，你必须学会独自成长……

幸福是一种心得，一种体会，一种发现，罗曼·罗兰曾经说过：“世界上不是缺少美，而是缺少发现美的眼睛”，幸福也是一样。幸福就像空气，它看不见，摸不着，但是时时刻刻弥漫于你存在的每一个空间。不妨静下心来，用心去感受一下——那独属于幸福的感觉，快乐而不张扬。

（作者单位：河南九域龙源房地产开发有限责任公司）

# 生比烟花绚烂

## ——读《不断成长的女人最美》有感

陈　娟

读了《不断成长的女人最美》很感慨其中分析人从生到成长到成熟再到凋亡的过程，当下的女人，既要扮演好贤妻良母的角色，又要奋勇实现自我的价值，这不仅需要强大的适应能力，更需要在心理上不断成长、成熟。人生来不易，更需要珍惜自己，写的东西仅仅是有感而已……



### 当有人对你说他爱你

灰姑娘的玻璃鞋换来了王子，从此灰姑娘和王子过上了幸福的生活。昨天的小女孩，转眼间就有了飞瀑一样乌黑的头发，白嫩的肌肤昭示着恬静、柔美的青春，坐在猫一样的咖啡馆里，倾听着午后的钢琴声渐渐融入脑中，她比烟花还绚烂。每个长大的女孩都有一个梦想，当有人对你说他爱你，请不要轻易相信，请相信这个世上除了王子还有恶魔。

这个时期，女人应该是要享受爱情的年龄，但请不要忘记，爱情不是万能的，唯独自己最可信。请先暂时不要被眼前的懵懂迷惑，校园生活才是真正适合的，它会给你知识和经历，给你无数的书让你饱览未经历的一切，在校园里，为你以后成为智慧、知性、优雅的女人做好铺垫；在校园里，你会结识一些更优秀的人，开阔眼界甚至收获爱情。知识和经历塑造了优秀的人，也会渐渐懂得，这个世界很大很大，只是我们飞得太低太近，遮挡了视线而已。

当有人对你说他爱你，他不一定是最爱你的那个人，一旦选择但请你相信他是你最合适的人。“走在红毯的那一天，蒙着白纱的脸……”时间就像无情的小鸟，只顾拍翅而飞，从不眷顾。

## 生 活 的 交 响 曲

步入婚姻是不是就意味着成熟？是生活不得不使你成熟，浪漫的鲜花变成了菜花，家务也涌了出来，青春的脸上荡漾的笑容似乎凝重了些，是生活把你拉回了现实吧。

生活交响曲奏起，女人正在经历着自身的一场变革，角色的转变有点突如其来，生活中男人的生活起居成了自己生活的重点，孩子的成长仿佛演变成了生活的动力，公婆的敦促也成为无形的压力，这个时候女人千万不要自乱阵脚，请依旧让“优雅”成为你的代名词，因为优雅是可以打败一切的武器。

如何平衡家庭和工作的关系就成了这个时期女人战斗的重点，有时我们在问，为什么时光不倒流回尚不文明的原始社会，让男人出去打猎，女人只用在家织布、带孩子；但是转念想来，男权社会的男人至上论能招降现代的女性吗？答案是否定的，所以请接受这样的现实，调整好自己的转变，让华丽的转身成为惊世骇俗的蜕变。在外成为有独立思想的白领丽人，归来变成温柔可亲的娇妻慈母，成为“万民”臣服的女王。

生活是美妙的，历经的磨难可以是浪花，教会女人游泳，昙花一现的辉煌反而不见得是永恒，女人应该清楚自己的追求，要善于在平淡生活中制造些惊喜和意外，让生活变得绚烂多姿。

## 试 卷 满 天 飞

这个时候，女人又彷徨了，刚刚平静的日子又被漫天飞的试卷打破，随着孩子的长大，男人开始逐渐退化到幕后变成真正的投资人，女人开始正式出场成为家庭剧目的主演和总导演，中国的填鸭教育被灵魂附体到了女人的身上，孩子就成为这出家庭剧目的主要演员，中国成千上万的家庭都是这样，孩子被学校和各种培训班折磨完后，回家继续受到严格的管教，他们有快乐的童年吗？

这个时候总导演女人要善于发现演员的特质，善于捕捉演员的特长，为自己的孩子量身定制一份剧本，教会他懂得爱，懂得感恩，懂得满足，懂得快乐，懂得生活然后再懂得学习……思想健康的孩子才是最终我们想要看到的。我相信有正确价值观的孩子自会懂得学习的重要性，自会寻求走上社会的正确道路，我们可以交给孩子的不见得是具体的知识而是对待这个世界的心态和勇气。

也许这种思想会遭到很多人的不屑，周遭的风气让很多人学会了攀比，“别人家的孩子”才是最优秀的孩子，孩子活在别人的阴影下怎么可以快乐。

让漫天飞的试卷去见鬼吧，还孩子一个清净的世界，也还自己好的心态，别让试卷成为你这个阶段最大的敌人，女人应该会懂得生活的真谛。

## 遭遇又一轮的尿布

转眼间，女人的孩子长大了，他也找到了自己的另一半，人生总是这样的延续，生生代代地轮回。这个时候请女人也尊重孩子的爱情，相信他或她选的人一定也是你应该疼惜的人，为他或她的婚姻祝福吧，祝福他们有幸福的未来。

女人的付出是永恒的，年轻的时候为家庭，年迈的时候还是为家庭。女人这个时候又要担负起照顾下下一代的重任，不忍让自己的孩子受苦那就只有自己受苦，为了大家的幸福女人奉献了一生最美好的时光。这个时候女人应该学会从容，学会善待自己，学会感恩，别让生活的重担压毁优雅，淡然地面对突如其来的负担，因为这也是你生命的延续，同时也请学会放手，该出现的时候适当地伸出援手，当你发现在一些问题出现分歧的时候也请尊重当事人的意见，营造和谐的局面，因为你已经不是直接的当事人，请将发扬母爱的权力交给该付出的人，这也是一种成熟。

在空闲的时候应该有自己的追求，不至于让自己空虚和寂寞，看书就是一个不错的选择，书能让你的心境静如止水，也会让你体味到不一样的人生，无论是哪种，请一定要让自己充实起来，忙碌的女人永远是最可爱的。

## 手和脚的革命

女人到了这个年龄是幸福的终点还是起点？生命中充满了失落，觉得自己仿佛是个孤独的漂泊者，被孤零零地抛弃在汪洋大海中。儿女与自己渐行渐远，鸿雁传书的浪漫正在上演，爱人变成了老伴，陪伴显得重要，精神的慰藉是最大的支柱。容貌的变化抵不过手脚的束缚，手指不那么灵活，亦或是受到牵绊，腿脚也时有病痛折磨，甚至是瘫卧病榻。

你会说可怜，不，这就是生命的轮回，有生的开始也毕竟有生的终结，呱呱坠地时不也是这样。

之前看过一本书讲到过“善终服务”，在手脚革命的年代，躯体已经不堪重负，选择逃离未免不是良策，当然这也是一家之言，生命的坚强就是我们在何种苦难磨砺中都不曾放弃，这是一种决心和执念，对生的执念。

到了这个年纪，请善待自己，稳妥地看待这场手脚的革命，走过了一生，何惧于此？

（作者单位：河南九域龙源电力发展集团有限公司）

# 诗意与传承

## ——读蒋勋《池上日记》有感

刘　骁



假期值班，顺手拿了一本早就买好但封尘已久还没开启的《池上日记》，用了一天的功夫一口气读完了全册，回想起 2016 年秋天的台湾环岛之旅，曾经路过池上，专门去品尝了池上大米，还在成熟的稻田中央的伯朗大道留了影，这次行程让我对中国台湾对文化的传承和对西方文化的融入赞叹不已。

本书的作者蒋勋，祖籍福建福州，1947 年出生在历史古都西安，似乎血液中便流着一种传统的古风，他即使学的是西洋艺术，也不同于一般的艺术家，永远流露出对儒家思想的执着。他是中国台湾知名画家、诗人与作家。他早年负笈法国巴黎大学艺术研究所，返台后曾任《雄狮美术》月刊主编，并先后执教于中国文化大学、中国台湾辅仁大学。其文笔清丽流畅，说理明白无碍，兼具感性与理性之美，有小说、散文、艺术史、美学论述作品数十种，代表作品有《汉字书法之美》《蒋勋说红楼梦》等，并荣获诸多奖项。

这本《池上日记》每句文字都充满了诗情画意与浪漫。但是又有别于欧洲浪漫主义作品，书中也不断地流露出了蒋勋对儒家思想的理解与追求。池上，一个没有被恶劣商业破坏的小村庄，在这里，蒋勋找到了真实的自己。

蒋勋接受台湾好基金会邀请，开始在台东的池上乡担任驻村艺术家。他在纵谷找到一间老宿舍，在最简单的生活条件下，开始写作、画画。本书集结蒋勋一年多来的池上驻村文字、摄影创作。他让声音带领着他，让气味带领着他，与大地、万物、季节流转对话并心有所感；春夏秋冬，晨昏和正午的冷暖痛痒，都在他的身体里，有如找回儿时的记忆，一点一点，在池上落土生根。“在长河和大山之间，听着千百种自然间的天籁，好像也就慢慢找回了自己身体里很深很深的声音的记忆……那么多渴望，那么多梦想，长长地流过旷野，流过稻田上空，流过星辰，像池上的云，可以很高，也可以很低，低到贴近稻秧，在每一片秧苗上留下一粒一粒晶莹的露水……”在池上，山水自然，才是永远读不完的诗句！在池上，这里的人们都遵循着大自然的自然生长规律，基本的生活作息都是那样的规律。没有电视，不看报纸，没有社交应酬，八点之后路上的行人几乎都很少见，这与城市里的生活是有着鲜明对比的，对作者来说，池上是他心中的一片净土，在这里可以远离城市纷扰和压力，在这里作者可以找到自己自由的灵魂，在这里可以轻松地与他人交流，在这里可以吃到城市都买不到的可口的饭菜，作者对这里充满了无尽的感情。

书中，作者用庄子的“天籁”来形容他在池上所听到的各种声音，作者理解的“天籁”是大自然里悦爱或亲昵的声音，也是自己心底深处的声音，在池上，你可以慢慢找回自己记忆和内心深处的美好声音，尤其是在池上的夜晚，虽然没有路灯的照明，但你仍然可以与各种天籁之音一起分享星空的浩瀚，一切的一切都是那么的安静与美好。春天稻米的插秧，夏天稻米的茂绿，秋天稻米的弯曲，冬天稻米收割后所留下的稻梗。作者蒋勋尤其喜欢池上冬天田地里所留下的那粗硬稻秆被焚烧时流走着的横直线。作者十分怀念池上农村里那些旧时代所遗留下来的遗址，像破旧的砖窑厂、昔日所用的铁质模具、光绪年间的庙宇、石雕壁塑，然而在现代文明的飞速发展下，大城市里几乎都已经看不到这些古老的文化遗址了。油菜花，或许我们都不陌生，但是作者笔下池上的油菜花却是那么的自由、美丽与独特，吃起来更是那样的香甜清新，仿佛把春天含在口里，舍不得咬，水嫩芳甘。

书中描写到在台湾有这么一群人，他们学习中、西方的先进文化，把它带入中国的儒家文化之中，让两者取长补短，产生出新的火花，一方面对传统文化继承、传承，一方面又与时俱进加入时代感、新鲜感。他们首先把艺术的历史继承性，表现在对本民族艺术遗产的吸收和接受，再把其他民族和国家优秀文化和艺术成果吸纳和融入。他们在艺术的内容、审美观念、形式、艺术种类和创作方法等方面均有突出的表现。这也是我这次台湾之行的深刻体会。

我们有幸遇见这样的时代，更有幸看到或遇到这样一群人。同样，我们和他们一样都善良、勇敢、无私和无所畏惧，心里有火，眼里有光。

（作者单位：河南九域龙源电力发展集团有限公司）